서른하나, 겨울

서른하나, 겨울

발행일	2016년 3월 10일		
지은이	전 광 호		
펴낸이	손 형 국		
펴낸곳	(주)북랩		
편집인	선일영	편집	김향인, 서대종, 권유선, 김예지
디자인	이현수, 신혜림, 윤미리내, 임혜수	제작	박기성, 황동현, 구성우
마케팅	김회란, 박진관, 김아름		
출판등록	2004. 12. 1(제2012-000051호)		
주소	서울시 금천구 가산디지털 1로 168, 우림라이온스밸리 B동 B113, 114호		
홈페이지	www.book.co.kr		
전화번호	(02)2026-5777	팩스	(02)2026-5747
ISBN	979-11-5585-968-1 03810(종이책)		979-11-5585-969-8 05810(전자책)

이 도서의 국립중앙도서관 출판예정도서목록(CIP)은 서지정보유통지원시스템 홈페이지(http://seoji.nl.go.kr)와
국가자료공동목록시스템(http://www.nl.go.kr/kolisnet)에서 이용하실 수 있습니다.
(CIP제어번호 : CIP2016005871)

성공한 사람들은 예외없이 기개가 남다르다고 합니다.
어려움에도 꺾이지 않았던 당신의 의기를 책에 담아보지 않으시렵니까?
책으로 펴내고 싶은 원고를 메일(book@book.co.kr)로 보내주세요.
성공출판의 파트너 북랩이 함께하겠습니다.

자유와 행복에 이르는 길, 삶이 우리에게 던지는 영원한 화두!

서른하나, 겨울

전광호 소설

북랩 book Lab

작가의 말

영화의 스토리가 될 만한, 파란만장한 삶을 살고 있는 사람은 얼마나 있을까?

아마도 현시대를 살아가고 있는 우리에게 영화 같은 극적인 삶은 그다지 많지 않을 것이라고 생각한다. 평범한 어쩌면 무미건조한 삶을 살고 있는 사람이 대다수가 아닐까?

그렇기에, 우리 모두가 꿈꾸는 행복이 가장 필요한 존재는 정해져 있는 일정을 규칙적으로 따르면서 하루하루를 감당해 나가는 평범하고 무미건조한 삶을 사는 대다수 사람들이라고 생각한다. 이 사람들의 삶 속에 존재하는 작은 기쁨과 슬픔, 생각들이 더 행복하고자 하는 소망을 이루게 하는 자양분이라고 믿는다.

이 글을 읽는 독자들이 일반적인 평범함과, 개개인 누구에게나 존재하는 개성을 가진 나와 같기도 하고, 다르기도 한 주인공 민준이를 보며 동질감을 느꼈으면 좋겠다.

그리고 민준이의 생각에 대해 공감하기도 하고, 때로는 갸우뚱해 가면서 평범한 사람으로서의 행복을 함께 고민해 볼 수 있는 시간이었으면 좋겠다.

　이 책을 쓰며, 한 가지 고민이 있었다면 일상적인 삶을 표현하는 과정에서 우리 삶의 특정 사례에 대한 언급이 포함되었다는 점이다. 전적으로 주인공 민준이의 생각일 뿐, 그 시각을 객관적으로 가치 판단하려는 의도는 전혀 없었음을 언급하고 싶다.

　한 평범한 젊은이로서, 민준이라는 주인공을 통해 생각을 공유할 수 있고, 전할 수 있는 기회를 주신 하나님께 감사드린다. 전혀 생각도 못 했던 집필이라는 경험을 함에, 옆에서 많은 용기를 준 미래 최고의 사업가가 될 정주현, 신춘문예 도전자 내 친구 김인한에게 감사함을 전한다. 또한 누구보다 센스 있고 재치 있는 아이디어로 많은 영감을 준 CJ E&M PD 박장수와 많은 관심을 가져 준 대창 인사총무팀 전소담에게도 감사를 전한다.

휴일에, 글을 쓴다는 이유로 일을 돕지 못했어도 이해해 준 부모님께도 존경과 감사함을 표현하고 싶다. 마지막으로 이 책의 모티브가 되어 준 모든 실제 사람들과 어설픈 아마추어의 글을 출판할 수 있게 도와 준 (주)북랩 직원분들께도 매우 감사한다.

정말 마지막으로, 이 책의 이유인 어떤 한 친구에게 애틋한 감사함을 꼭 전달하고 싶다.

2016년 2월 21일

3개월간의 글쓰기의 공간이었던

시흥시 정왕동 49블럭 투썸플레이스 콘센트 자리에서…

차 례

설국에서

실재하지 않음은 슬프고 아프다. 그러나 또 다른 이면으로 실재하지 않기에 더 애틋하고 더 간절해지고 실재했었음이 더 감사하게 여겨지기도 한다. 그 감사함, 지금은 실재하지 않는 것이 다시 내게로 왔을 때, 더 소중하게 여길 수 있는 밑거름이 될 것이라고 생각한다. 문제는 다시 내게로 돌아올까? 그렇다. 그게 문제다.

그러나 기대하지 않을 수 없고, 꿈꾸지 않을 수 없다. 눈앞에 아른거리기도 하고, 한때는 내가 지금 기대하고 꿈꾸는 것이 꿈이 아닌 내게 있어 한때는 현실이었기 때문이다.

'이 연어 오르골을 언젠가 전달할 수 있는 날이 있기를…'

그것이 쉽지 않은 일이라는 것을 알지만 나는 그것을 집어 들어서 점원에게로 간다.

"선물용으로 포장해 드릴까요?" 우리가 보기에는 어설프지만 외국인으로서 충분히 유창하게 들리는 발음을 가진 점원의 질문에 잠시 생각하다가 어설프게 웃으며,

"아니에요, 괜찮습니다."라고 말한다.

귀찮은 작업을 안 해도 되어서 그런지는 몰라도 점원은 내게 사람 좋은 표정으로, "캄사합니다."라며 나를 배웅한다.

아마도 저 연어 오르골은 당장은 내 차 조수석에 올려질 것이다. 그리고 가끔씩 오르골 아래의 태엽을 돌려 청아한 멜로디를 들으며, 꿈이 되어버린 지난 현실을 다시 곱씹을 것이다.

저 오르골은 언젠가는 내게서 없어져야 한다는 생각으로 샀다. 꿈이었던 것이 현실이 되기도 했지만, 그 현실이 다시 꿈으로 남겨졌다. 이 꿈이 언젠가 다시 현실로 돌아오기를 바라는 나의 모르핀이 될 것이 이 오르골이다.

오후 4시… 어느새 해가 스멀스멀 진다. 이곳은 낮이 짧다. 해가 지는 것은 일반적으로 마무리와 내일의 준비를 말하는 경우가 많지만 내가 지금 선 이곳은 다르다. 오타루 운하, 해 질 무렵이 가장 아름답다는 이야기를 듣는 이곳은, 해가 지기 시작하자 은은한 조명이 하나 둘씩 켜진다. 많은 사람들은 좋은 위치에서 사진 찍기에

바쁘다. 가족끼리, 친구끼리, 연인끼리 끊임없이 소통한다. 그들의 표정에는 웃음이 묻어난다.

그런 모습을 바라보는 내게도 이제는 옅은 미소가 흐른다. 저 찰나의 행복이 저들에게 끝까지 이어졌으면 좋겠다는 생각, 현실이라 하면 대개 부정적인 의미를 갖지만 저들이 가진 행복한 현실이 꿈이 아닌 그냥 현실 그대로 남기를 바라는 마음이 생긴다.

오타루 운하를 걷는다. 따지고 보면 대수롭지 않은 그냥 개천의 둑길이다. 그러나 은은한 조명, 그리고 대비되는 맞은편의 백 년 가까이 되어가는 폐건물의 조화 또, 이 둑길을 걷는 사람들의 많은 스토리들이 어우러져 아름다워 보이지 않을까라는 생각을 한다.

만화 '미스터 초밥왕'의 배경이라는 회전 초밥집에서 초밥을 먹는다. 그냥 회전 초밥 가게지만 이곳도 역시 유명한 만화의 배경이라는, 보이는 것 외에 무형의 무언가가 있기에 기분을 다르게 만든다.

방금 전에 샀던 연어 오르골 생각으로 주문 종이에 연어초밥 칸에 체크 표시를 한다. 또 유부초밥에 표시를 한다.

맛있다. 입이 즐거우니 자랑하고 싶어진다.

"사진."

"먹고 싶지???"

친구들에게 카톡을 보낸다.

"야 색깔 장난 아닌데?"

"대박."

"……."

다양한 반응이 온다. 그 반응에 신이 나 자랑을 한다.

"야 너네들도 꼭 와 여기 좋다."

"그러게… 회사만 아니면 어휴."

그러던 때에 카톡이 한 개 더 도착한다.

"야 이제 어디 갈 거냐? 거기 밤문화의 성지 있다며? 스스키노였나?? 토요일이라 사람들도 많은데 가서 일본 친구나 만들어 와라."

그러나 내가 밤을 보낼 곳은 정해져 있다.
그래서 예약한 교외의 오랜 전통을 가진 온천호텔로 버스를 타고 출발한다. 친구가 말한 밤문화의 성지에 몰려드는 젊은 인파에 도심을 빠져나가기가 만만치 않다.

예쁘게 내리는 눈, 그리고 수북하게 쌓여있는 눈, 그리고 많은 인파를 맞이하여 주는 화려한 불빛 그리고 그 한가운데를 관통하는 노면전차. 예전에 봤던 뮤직비디오가 생각난다. 노면전차 기관사인 한 남자와, 이곳으로 관광 온 한 여자의 사랑을 아름답게 포장한 이 뮤직비디오의 배경이 바로 삿포로 노면 전차장이었다. 외국 여행이라 배터리를 아껴야 했지만 그 음악을 듣고 싶었다. 그 음악을 듣고 나니까, 이번에는 오늘 다녀온 오타루를 배경으로 뮤직비디오를 촬영한 음악이 생각나서 음악을 바꾼다.

바람만 불면, 또 메마른 가지, 서로 부대끼며 울어대고, 쉴 곳을 찾아 지쳐 날아온 어린 새들도 가시에 찔려 날아가고, 바람만 불면 외롭고 또 괴로워, 슬픈 노래를 부르던 날이 많았었는데… 내 속엔 내가 너무도 많아서 당신의 쉴 곳 없네

'내 속엔 내가 너무도 많아서…'
그래서 당신의 쉴 곳이 없었던 걸까? 글쎄? 그런가? 모르겠다.
설국을 보며, 몸을 덥히고 싶었다. 야외에서 눈 덮인 산을 보며, 계곡을 보며, 그 안에 피어오르는 수증기들을 보며 그냥 꼬리에 꼬리를 무는 여러 감정들과 생각들을 물 흐르듯이 즐기고 싶었다.

바삐 살고 있는 현대인들은 생각하기가 어려운 것 같다. 아니 정확히 말하면 한 가지 생각을 하는 것이 쉽지 않은 것 같다. 생각을 하려 하면 또 다른 생각을 하게 요구받는 것이 이 사회 구성원들의 모습이 아닐까? 나도 그렇다. 그래서 그냥 한 가지 생각을 하고 싶었다. 어떤 생각을 할지 생각한 후 억지로 생각하는 것이 아니라, 그냥 내가 지금 보고 듣는 것들과 내 상황들을 내 마음과 머리가 주는 흐름 그대로 내버려두고 싶었다.

정확히 말하면 그냥 자연스럽게 내 마음과 내 머리를 느껴보고 싶었다. 내가 설정해 놓은 영역 바깥으로부터 방해받고 싶지 않았다.

이러한 나의 계획을 가장 충실하게 따라주는 것은 설국의 아름다움과 고요함 그리고 몸을 따뜻하게 해 줄 아름다운 노천이었다. 건조한 날씨로 갈라져 가는 나의 발 치유는 그냥 핑계였다.

밤하늘에 떠 있는 별이 이곳이 시골임을 알려준다. 주변은 산으로 덮여있고, 눈을 내리깔면 아래로는 실개천이 흐른다. 그리고 수증기 피어오른 겨울 실외의 탕 안에 나는 벽에 기댄 채 풍경을 즐긴다.

하늘의 별을 보며, 흠모하던 스테파니 아가씨와 하룻밤을 보낸 목동을 생각한다. 자기가 자신 있는 별 이야기에 관심을 가져주는 스테파니 아가씨에게 세상에서 가장 아름다운 별과 별들의 결혼을 설명하는 목동과, 행복한 목동의 어깨에 기대 슬며시 잠이 드는 스테파니 아가씨….

설렘과 행복함에 밤을 지새운 목동의 고백, "세상에서 가장 아름다운 별이 길을 잃고 이곳으로 내려와 지금 내 옆에 잠들어 있노라고."

목동의 꿈이 현실이 되었다고는 결코 말할 순 없지만, 이루지 못한 미지의 것인 꿈보다는 현실에 가까워진 상황에서 목동은 본연의 순수함을 결코 잃지 않았다.

목동의 어깨에 기댄 스테파니 아가씨는 목동에게 스테파니 아가씨가 아닌 별이었다. 스테파니 아가씨는 목동에게 별, 즉 꿈이었다.

알려지지 않은 이 이야기의 결말이 어떻게 될지는 모른다. 잠에서 깨어난 스테파니 아가씨는 산 아래로 내려가 다시는 보지 못했을지도 모르고, 목동은 평생 산에서 양들과 별들과 친구 하며 살았을 개연성이 높지만… 그래서 목동에게는 그냥 그저 아름다운 추억으로 그 밤이 기억될지 모르겠지만….

여름에는 라벤더가 모든 땅을 뒤덮지만, 겨울에는 사방이 눈으로 뒤덮인 이곳은 설국이다. 끝없이 펼쳐진 눈과 지평선의 태양, 지금 내가 서 있는 이곳에는 아무것도 없다. 단, 한 그루의 크리스마스 트리를 제외하면….

아름답다. 저 크리스마스 트리는 정말 아름답다. 신기하다. 아니 기묘하다는 표현이 더 적절할지 모르겠다. 저 크리스마스 트리가 하얀 설국으로 덮인 이곳에 있으므로 시간이 멈춘 듯한, 아니 공간마저 이 세상과 단절된 것처럼 보인다.

그 이유는 단 한 그루이기 때문이 아닐까? 그리고 설국 가운데 외로이 그러나 당당하게 서 있는 자태 때문이 아닐까? 단 한 그루가 외롭고 당당하게….

아마도 저 크리스마스 트리는 행복할 것이다. 내 옆에 아무것도 없다고, 나와 같은 존재는 없다며 그래서 나를 알아주고 내게 공감해 줄 것이 하나도 없다는 생각 때문에 말라서 죽어야 하는 게 평범한 나무이겠지만, 이렇게 존재할 수 있는 건 크리스마스 트리에게는 그런 것들이 필요하지 않아서가 아닐까? 그저 크리스마스 트리는 자기의 존재로 충분한 것이 아니었을까? 크리스마스 트리 옆에 또 다른 크리스마스 트리가 있었다면 크리스마스 트리는 물론 좋았을 것이다. 그러나 없어도 상관없으니 살아남은 것이 아닐까? 스스로의 행복을 스스로에게서 찾을 수 있는 저 설국 한가운데 덩그러니 서 있는 크리스마스 트리야말로 진정한 자유인이 아닐까? 그래서 행복하지 않을까라는 생각이 든다.

이 풍경은 아마 오래 기억될 것 같다. 새로운 통찰을 내게 준다.

혼자임에도 외롭지 않은, 아니 혼자임에도 행복한 설국의 한 그루 크리스마스 트리의 배웅을 받으며, 시간이 멈춘 듯한 이 설국과의 만남을 계속한다.

순백은 순수를 상징한다고 한다. 겨울의 눈이야말로 순백이라는 색을 가장 정확하게 설명하는 그 무엇이 아닐까? 그렇기에 설국은 가장 때묻지 않은 곳이며, 아무것도 덧씌워지지 않은 곳이기에 무궁무진한 생각과 계획, 그리고 반성들을 담아 줄 수 있는 도화지 역할을 해준다. 이 훌륭한 도화지는 또 우리네 사람들이 그릴 그림에 대한 영감을 준다. 내게 준 영감은 나 개인의 영역에서 스스로 느낄 수 있는 행복을 찾을 수 있는 자유로움, 나아가 그 자유로움 안에서 지금 내가 꿈꾸고 원하는 것에 대해 후회 없이 노력하며 실천할 수 있는 진취적인 마인드, 마지막으로 진취적인 노력을 하고, 그 결과에 상관없이 내가 할 수 있는 영역에서 충실했다는 보람으로 기꺼워하며 타자의 영역으로 인해 좌절하지 않을 수 있는 용기이다.

낮이 짧은 이곳의 특성상, 4시가 좀 넘었을 무렵 해가 지기 시작한다. 어둠을 뒤로 하고 숙소가 있는 삿포로로 돌아가야 할 시각이다. 6시 기차 시각에 맞춰, 조금 더 있다가 돌아가고 싶지만 이곳에서의 생각들을 정리할 시간이 필요하다.

그래서 나를 태운 택시 기사님께 기차역을 탈 비에이 역으로 이동해 달라고 말씀드린다. 그곳 역시 시골의 작은 간이역이기에, 근처에 조용한 카페라도 하나 있다면 정말 좋을 것 같다.

나의 이곳 설국 여행을 도와준 택시 기사분께 약속된 금액을 지불한다. 그리고 짧은 영어로 묻는다.

"비에이 역에 가까운 카페가 있습니까?"

알아듣지 못한다. 그럴 줄 알았다. 네이버 번역기에 내가 하고 싶은 말을 입력하고 변환된 일본어를 보여준다.

그제서야 택시 기사분은 만면에 미소를 띠며,

"오케이 오케이~~~~"

한 카페에 나를 세워 준다. 매우 분위기 있는 건물이다. 1층은 미술관이다. 시간이 없어 둘러보지는 못했지만 고즈넉하고, 차분한 분위기가 마음에 들었다.

무슨 일인지 택시 기사 아저씨는 나와 함께 내렸다. 그리고 나를 이끌고 지하로 내려간다.

그곳에 카페가 있었다. 사람 좋은 기사 아저씨는 내게 묻는다.

"호뜨 커피? 호뜨 커피?"

"오케이, 핫 아메리카노."

갑자기 기사 아저씨는 카페 점원에게 일본어로 주문을 한다.

당황한 내게 "디스 프레젠또 프레젠또"라고 외치며 카페를 빠져나간다.

커피가 왔고, 나는 노트북을 켠다.

위층 미술관 직원으로 보이는 한 젊은 여자가 무심한 표정으로 커피를 옆에 놓은 채 그림책을 살펴보고 있고, 생글생글 웃는 표정의 점원만이 이곳에 존재한다. 사방은 책꽂이로 둘러싸여 있고 잔잔한 음악이 흐르고 있어서 혼잡스럽지 않다.

이 설국의 마지막 종착지가 이 카페임이 정말 감사하다는 생각을 한다.

그리고 잠시 눈을 감는다.

지금까지의 올 한 해를 되돌아본다. 방황했으며 꿈을 꾸고 기대했다. 그리고 행복했고 좌절하기도 했던 시간들이 연속된 선이 아닌, 각각의 독립된 점들로 머리에서 똬리를 튼다.

그렇게 몇 분 눈을 감고 있었고, 심호흡을 하며 눈을 뜬다.

결과를 지배하는 것

눈이 떠진다. 텔레비전 옆 시계가 보이지 않아 내심 기분이 좋다. 아직 해가 안 떴다는 뜻이다. 이는 이불의 따뜻함에 좀 더 웅크린 채 눈을 더 감을 수 있다는 의미이기도 하다. 그런데 포근한 느낌도 잠시, 눈을 감아도 다시 잠이 오지는 않는다.

"하아…" 화장실의 불빛은 바깥과 다르게 환하지만 기분이 그리 좋지는 않다. 하루에 가장 부담스러운 빛 중 하나가 아침의 화장실 불빛이 아닐까? 눈앞의 거울을 본다.

'그래, 이 정도면 뭐 살 만하지.' 하다가 앞머리의 왼쪽 틈새, 거울의 머리 오른쪽 틈새에 살색이 보인다. '탈모…? 내가?? 내일부터는

미녹시딜을 발라야겠다." 세수를 하고 머리를 감고 머리를 말린 후, 왼쪽으로 머리를 넘긴다. 그냥 더도 말고 하루 종일 이 상태만 유지되어도 좋겠네라고 생각하며, 아까보다는 한결 기분 좋게 화장실 문을 나온다.

"뭐라도 먹고 가지?" "괜찮아요", "조심해서 가, 안전띠 꼭 매고." "네."

어머니의 챙김에 고맙고 미안하다.

'내가 뭐가 그리 좋다고….'

한편으로는 죄송한 감정이 들어서 조금 언짢기도 하다. '불효일까?'

차 시트에 앉는다.

'노래 틀까?' 그런데 오늘은 별로 듣고 싶지 않다.

"세계 유일의~ 팟캐스트" 팟캐스트를 진행하는 이 사람의 목소리가 정말 좋다. 유쾌하면서 시원하다. 그렇게 아침의 고속도로를 달려 아침의 첫 업무 출근을 완료한다.

"민준아."

"네."

"이번에 계약서 검토한 거 내일까지 품의 완료해야 하니까, 오늘 중에 해서 얘기해 줘."

"네, 내용은 제가 1차적으로 봤고요. 비용 관련해서 내부 의사결정 있었는지, 메일 보내 놨습니다. 회신 오는 대로 바로 보고드리겠습니다."

"응."

사실은 계약서 검토 메일만 확인했을 뿐, 아직 파일을 열어보지는 못했다.

"똑딱똑딱…" 아침 8시부터 10시는 업무 집중시간, 타이핑 소리만 들린다. 간간이 들려오는 "따르르릉" 소리 외에는… 8시 55분! 네이버 주식을 검색하여 네이버 금융에 들어간다.

시세확인을 한다. 거래량 많은 놈들, 상한가 친 주식들의 시세와 토론방을 가본다.

오늘은 느낌 오는 게 없다. 하나 생기면 바로 매수하고 키보드 앞에 놓여있는 핸드폰 액정에 주가 창 띄워놓으면 그거 보는 재미가 상당한데 말이다.

다시 업무 화면으로 돌아간다. "똑딱똑딱" 한다. 단순업무 몇 개를 했다. 그래도 끝냈더니 나름 홀가분한 기분은 든다. 습관적으로 우측 하단 카카오톡 아이콘을 클릭한다. 그리고 아래로 내린다. '얘가 이렇게 예뻤나?' '결혼하나 보네', '얜 뭐하고 살려나…'

바뀐 프로필 사진들을 보며 깊은 생각이 아닌, 그냥 사진 보고 순간적으로 드는 생각을 아무런 곱씹음 없이 흘려보낸다.

카카오톡 창을 덮는다.

오늘은 하루가 짧지 않다. 오전에 단순업무 몇 개와 보고서 하나를 완성했더니 딱히 해결해야 할 일이 없다. 다른 일들을 해도 되겠지만 지금 굳이 안 해도 완료 때까지 끝내기에는 시간은 충분히 넉

넉하다. 업무가 적을 때는 항상 시간이 빨리 가지 않는다.

'다섯 시쯤 됐겠지?' 시계를 차고 있으면서도, 모니터 앞에 항상 핸드폰이 자리하고 있지만 시각 확인은 항상 컴퓨터 오른쪽 하단이다. 4시 34분… 아까 봤을 때보다 10분 정도 지난 것 같다.

"지이잉~"

재욱이다.

"7시 30분 이마트."

7시 30분에 이마트로 나오라는 이야기다. 오늘 약속이 있는지, 놀 건지에 대한 질문은 없다. "응"이라 대답한다. 오늘 선약이 있는지, 뭐하고 놀 건지 묻지 않는다. 항상 뻔한 삶을 살고 있다는 것, 뻔한 삶은 나와 재욱 모두에게 필요 이상의 문장을 쓰지 않아도 되게 만들어준다. 또 무엇을 할지 이야기하지 않는 것, 그것은 나와 재욱이가 만나면 할 수 있는 것 또한 너무나도 뻔하기 때문이다. 30대 초반의 솔로 남자 둘이 무엇을 할 수 있을까? 해봐야 식사와 술 한 잔, 운동이 전부다.

호기롭던 20대 초반 시절에는 차를 가지고 어딘가로 간다는 것이 너무 좋아서 적극적으로 다녔지만 지금은 아니다. 돌아올 길이 막막하고, 또 새로운 곳에 가더라도 새로운 곳의 풍경조차 어느새 너무 익숙함을 느끼는 나이가 되어 버렸기 때문이다. 어느새, 목적이 있어야만 무엇을 하는 그런 나이가 되어 버렸다.

"야, 간만에 서울로 바람이나 쐬러 가자."

"어디 갈 건데?"

"몰라, 오늘은 홍대 쪽 한번 가보자, 사람구경이나 하자"

"가서 뭐해?"

"………… 그냥 캐치볼이나 하자."

저녁에도 불빛이 비치는 마트 앞 공터로 간다. 그곳에는 사람이 지나다니지 않고 밤에도 라이트를 켜 줘서 캐치볼을 하기에 더없이 좋은 장소다. 공을 던진다.

나는 본래 공을 제법 잘 던졌다. 전에 다니던 직장에서 사회인 야구 동호회를 잠깐 해본 재욱이는 내게 사회인 야구를 권한다. 이 정도면 사회인 야구에서 통할 만하다면서….

힘껏 공을 던졌다. 마치 내가 메이저리그에서 뛰고 있는 유명한 투수라고 생각하면서 던진다. 가끔은 글러브가 찢어지는 듯한 소리를 내며 내 공을 빨아들이지만, 또 가끔은 멀리 날아가서 공을 가지러 가기 바쁘기도 하다. 그런데 이 캐치볼은 몇 안 되는 내 기분을 표출할 수 있는 일이다. 화난 사람이 샌드백을 미친 듯이 치듯이, 나는 공을 던지고 공을 차면서 에너지를 담는다. 가끔은 내가 공을 던져야 할 재욱이의 글러브에 나를 슬프게 하는 것들, 화나게 하는 것들, 짜증나게 하는 것들을 그리기도 한다. 그래서 나는 선발투수들보다 자신의 모든 에너지를 끌어모아 불꽃처럼 짧은 이닝만 책임지는 불펜 투수들을 더 좋아한다.

재욱이는 말한다.

"야! 넌 진짜 갈수록 공이 좋아진다. 잡으면 너무 얼얼해…"

"사회인 야구 가서 좀 되겠냐?" 하며 웃어넘긴다.

그러나 공이 좋아졌다 함은 내 마음의 풀지 못한 에너지가 더 많아지고 있다는 의미가 아닐까? 그렇게 생각하면 기뻐할 일은 또 아닌 것 같다.

"이제 뭐하지?"

내가 물었다.

"뭐하긴 뭐해, 집에 가야지."

"아쉽지 않냐? 안 심심해? 그냥 또 집에 가서 누워서 인터넷질이나 하다 자야 하는 거냐?"

"할 게 없잖아…"

"강원랜드 갈래? 기름값 내가 부담, 한 20씩만 하고 오자."

"나 한번 가면 못 멈추는 거 알잖아."

"무슨 도박하러 가냐? 할 거 없잖아 그냥 가자."

나와 재욱이는 강원랜드를 좋아한다. 재욱이에게는 강원랜드에서 벌어지는 승부에서의 짜릿함이 강원랜드로 이끄는 동기라면, 내게는 그곳 특유의 분위기, 강원랜드가 있는 하이원 리조트 언덕 아래의 화려한 유흥업소의 네온사인, 그리고 전당포들, 전당포에 맡겨져 오랫동안 방치된 걸로 보이는 차들, 그리고 무엇보다 얼굴만 봐도 직업을 느낄 수 있는 늙은 농부가 용달을 끌고 뿌리째 담배를 태우며, 허망하게 하이원 리조트의 언덕을 내려가는 표정… 뭐라고 표현하기 어려운 생각들이 머릿속을 가득 채워 나를 혼란스럽게 한다. 이상하게도 이 혼란스러움이 내게 매력으로 다가온다.

"내추럴 나인 뱅커 윈!"

가장 사람이 북적이는 곳은 바카라 테이블이다. 정해진 룰에 따라, 뱅커 또는 플레이어가 이기는 게임이다. 물론 비기는 경우도 있지만 우리 같은 초보자는 그 확률은 배제한다. 이긴 쪽에 배팅한 참여자는 배팅한 칩의 두 배를 가져가게 되며, 진 쪽에 배팅한 참여자는 배팅한 칩을 모두 잃게 된다.

뱅커의 승리를 알리는 딜러의 멘트에 나는 사람들의 표정을 살핀다. 대부분 별다른 표정 변화가 없다. 무심하게 자신이 챙겨야 할 칩을 가지고 올 뿐이다. 아마도 이곳에서 자주 배팅을 했던 사람들이 아닐까 싶다. 나와 재욱이 같은 어설픈 관광객 같은 사람들만 배팅에서 돈을 땄을 때 히죽거릴 뿐이다.

처음에 현금을 내고 교환한 칩 20개가 어느새, 6개밖에 안 남았다. 2개씩만 배팅하던 나는 과감히 칩 4개를 플레이어에 배팅한다. 그래 봐야 4만원이지만….

"저기요, 이거 플레이어에 좀 놔 주세요"라고 나는 말했다.

내가 말을 건 한 여자가 고개를 돌리더니 인파들 뒤에서 손을 뻗어 칩을 전달하려고 나를 못마땅하다는 듯이 쳐다본다.

"야, 민준아! 원래 대신 배팅 부탁할 때는 너랑 같은 쪽에 배팅한 사람한테 하는 거야, 그게 여기 불문율이야." 재욱이가 말했다.

"하긴… 본인은 졌는데 본인이 기껏 도와준 사람이 이기면 기분이 나쁘겠지."

못마땅한 눈빛에 잠시 빈정이 상했지만 재욱이의 말을 듣고 순간 머쓱해진다.

그리고 드는 생각은 어쩌면 본인이 잃은 돈의 박탈보다, 나는 잃었는데 나에게 호의를 받은 자가 이겼을 때 느껴지는 심리적 박탈이 더 불쾌할 수 있다는 생각이다. "배고픈 것보다, 배 아픈 게 낫다"라는 말처럼 사람에게는 일정 부분 절대적인 급부보다 상대적인 급부가 감정적으로 더 크게 다가오는 것 같다.

"뱅커 식스, 플레이어 세븐, 플레이어 윈!" 딜러의 멘트는 나의 승리를 말하고 있었다.

이제 나의 칩은 어느새 10개다. 처음에 교환한 20만 원어치, 20개의 절반이 되었다.

여기서 멈출 이유가 없었다. 애초에 이곳에 온 이유가 돈을 따기 위함이 아니었기에, 배팅에서 이기는 짜릿한 기분, 그리고 무엇보다 이곳 특유의 분위기가 나를 이곳으로 오게 한 동기였기 때문이다. 내게 있어 칩은 이곳의 분위기를 더 느낄 수 있게 만들어 주는 하나의 도구였을 뿐이다. 이번에는 룰렛이라는 게임을 한다. 4개를 배팅한다. 이겼다. 이제 나의 칩은 14개.

재욱이와 카지노 내부를 한 바퀴 돈다. 화려한 조명, 세련된 딜러들, 초점 없는 눈빛의 게임 참여자들… 다양한 것들이 보인다. 강원랜드 카지노에서는 음료수를 무한정 공짜로 먹을 수 있다. 강원랜드의 매력 중 하나가 아닐까 싶다. 콜라를 마시며, 재욱이와 오늘 게임의 내용과 심리 등을 얘기하며, 담소를 나눈다.

오늘의 담소 주제는 확률과 흐름이었다.

재욱이가 말했다.

"뱅커가 두 번 이상 연속되면 뱅커, 플레이어가 두 번 이상 연속되면 플레이어에 배팅해야 해. 흐름이 그쪽으로 왔다는 소리야."

실제로 뱅커 또는 플레이어가 2번 이상으로 연속되어 나오면 배팅하는 참여자들도 훨씬 많아지는 게 사실이다. 그러나 사실은 쉽게 납득할 수가 없었다. 무승부를 제외하면 어차피 뱅커와 플레이어의 확률은 50%, 동전 앞뒤 던지기를 할 때, 연속으로 앞이 세 번 나왔다고 네 번째 던진 동전이 앞이 나올 확률은 동일하게 50%일 뿐이다. 결국 뱅커 또는 플레이어가 연속으로 나온다 하더라도 다음 게임에서 전과 동일한 쪽이 나올 확률은 50%에 불과하다는 지극히 기초적인 확률 이론을 들먹이며…

"야, 그게 무슨 개소리냐? 어차피 확률은 50%, 그냥 운일 뿐이야."

"아니 실제로 와서 해 보면 진짜로 흐름대로 간다니까?"

"몇 번 봤다고 그래, 그런 경우 다 종합해서 보면 결국에 확률은

50:50으로 수렴하겠지."

"에휴, 그럼 넌 그냥 니 맘대로 배팅해라, 난 흐름 따라간다."

"야, 근데 아까 보니까 진짜 흐름대로 되긴 되더라, 나도 그냥 흐름대로 갈래."

나는 꼬리를 내린다. 최소한 오늘 내가 본 모습은 분명 연속으로 나오면, 그 다음도 똑같은 것이 나왔으니까.

결국에 50:50이 될 거라는 내 생각은 변함이 없지만, 내가 이기기 위해서는 재욱이의 말대로 하는 게 더 좋을 것 같다는 생각이 든다.

이론은 있는데, 정답은 존재하는데, 나의 행동을 이끄는 것은 이론이 아니고 정답이 아니다. 이론과 정답 또는 원칙을 지키는 게 내 본능에 있어 어렵기 때문에 나의 행동이 반대로 가는 것은 아닌 것 같다. 어디까지나 나는 배팅에서 어떤 것이 더 유리한가 실질만 생각하고 결정을 하였기 때문이다.

'모든 이론은 회색이고, 오직 영원한 것은 저 푸른 생명의 나무이다.'

파우스트에 나오는 말이라고 들었다. 잘은 모르겠지만, 모든 이론은 회색… 왠지 이론이란 것보다 실재하는 푸른 생명의 나무가 더 우월하다는 뜻으로 이해된다.

'이론이라는 건 필요 없는 걸까?'

혼자 이런저런 생각을 하고 있는 중에 재욱이가 말을 꺼냈다.

"야, 배팅하러 가자."

"응."

다시 바카라 테이블로 간다. 플레이어가 연속 세 번이 나온 테이블로 갔다.

플레이어 쪽에 배팅한 사람들을 보다가, 어느 사람 좋아 보이는 아저씨께 말을 건다.

"플레이어에 좀 놔 주세요."

내가 아저씨에게 건넨 칩은 14개.

"야 민준아, 너 다 걸게?"

"응."

"나도 잃던 차였는데… 그래 너 따라간다, 플레이어 올인."

재욱이는 사람 좋게 웃는다.

딜러는 선언한다. "내추럴 나인, 플레이어 윈!"

"예쓰!"

나와 재욱이 둘 다 이겼다.

"재욱아, 집에 가자."

"가자고? 여기 흐름 좋은데 한번 더 올인 가자."

"아냐, 여기서 멈춰야 이기는 것 같아. 따든 안 따든."

실제로 그렇게 생각하기도 했고, 카지노에서의 1시간은 나로 하여금 카지노의 분위기를 즐기고 싶은 욕구를 이미 충족시켜 줬기에 나도 집으로 돌아가고 싶었다. 그리고 친구 재욱이가 괜히 돈다 잃고 좌절하는 모습을 보고 싶지 않았다.

"쩝… 그래 나도 거의 두 배 땄으니까… 알았다, 가자."

그러고 나서 차가 세워져 있는 주차장으로 발길을 돌린다.

"저기요…."

"네?"

우리에게 말을 건 사람은 어떤 여자였다. 낮이 익다. 가만히 보니 내가 첫판에서 배팅을 부탁했을 때 내게 눈빛 공격을 했던 여자였다.

"오늘 돈 좀 따셨나 봐요?"

"뭐, 저희야 그냥 소소하게 했으니까요, 집에 가시게요?"

"네… 다름이 아니고 여기 정지 요청하려면 어디로 가야 하는지 아세요?"

강원랜드 카지노에는 스스로 정지를 요청하면 일정 기간 동안 카지노 출입을 못하게 하는 규칙이 있다. 스스로 도박 중독을 극복하려는 사람이 최후에 할 수 있는 액션이다.

"글쎄요… 예전에 친구랑 왔을 때 봤는데, 여기 카운터 구석 쪽에 있던 것 같았는데? 안내센터 가서 물어보시는 게 좋을 것 같아요. 정확히는 모르겠네요. 정지 하시게요?"

"네… 이제 안 해야 될 것 같아서요… 계속 똑같은 곳 배팅해서 이기길래, 이번에도 되겠지 하고 무리하게 칩 교환해서 하다가 잘 안 되었네요."

"아 예…."

"네, 감사합니다. 조심히 들어가세요."

여자는 종종걸음을 하며, 우리로부터 벗어났다.

"거봐, 결국에는 확률대로 간다니까."

"어쨌든 흐름대로 가서 돈 땄잖아." 재욱이가 답한다.

"그래, 그렇긴 하네. 야 돈도 땄는데 가서 순댓국이나 먹고 가자, 기름값은 굳었네."

정말 모든 이론은 회색일까? 이론은 아무런 의미가 없는 걸까?

흐름대로 가서 돈을 딴 나와 재욱이, 흐름대로 가서 돈을 잃은 그 여자.

그러나 우리와 그녀 모두 배팅에서 이기고 싶다는, 돈을 따고 싶다는 자신의 기쁨을 추구했고 행복하고자 했던 공통점은 있었다. 행복하려면 어떻게 해야 할까?

어쩌면 의미 없는 이야기일 수도 있다. 이론이니 흐름이니 하는 것이 아니라 순전히 '운'이 지배하는 것일 수도 있기 때문에.

그런데 만약에 그렇다면 더 무섭다. 나의 행복을 정하는 것에 내가 영향을 미칠 수 있는 것이 아무도 없다는 말이 될 수도 있기 때문에….

집에 도착했고 침대에 눕는다. 이렇게 하루가 간다. 피곤하고 인기 없는 쓸데없는 진지함에 빠진 채로.

우리네 삶의 소통

"잠시 후에 우리 비행기는 신 치토세 공항으로 착륙하겠습니다."

머릿속으로 많은 생각이 든다. 그동안 오고 싶어했던 홋카이도, 그곳에 대한 기대로 설레고 있다. 그러나 다른 생각도 든다. 내가 이곳에 올 수 있었던 이유는 2년간 다니던 회사를 그만두고 새로운 직장으로 이직하기로 결정했기 때문이다.

"부장님, 그동안 감사했습니다."

"그래, 민준 씨. 그동안 고생했어. 종종 연락해."

"예, 당연하죠 부장님. 감사했습니다. 들어갈게요."

좋은 회사였다. 특히 사람들이 좋았다. 일개 사원이었지만 싫은 소리, 욕 한 번 안 들으며 회사생활을 했다. 내가 잘했기 때문은 결코 아니다. 함께 했던 사람들이 정말 좋은 사람들이었기 때문이다. 그럼에도 내가 이곳을 떠난 이유는 있었다.

'금수저'

내 소속은 미래전략본부 전략기획팀이다. 미래전략본부장은 이 회사 오너의 둘째 아들이다. 나의 직속상사이다. 그는 거만했다. 자신보다 어린 직원에 대한 호칭은… 처음 입사했을 때, 날 부르던 호칭은 "야!"였다. 왜 이 사람은 내게 그리고 나와 함께하는 대리님, 주임님께 "야!"라고 부를 수 있는 걸까? 그와 우리는 친하지도 않았는데.

그리고 비용-처리를 위해, 카드 사용 내역을 보면 한결같았다.

'비비', '지투', '패밀리'… 술집이다. 결제 금액은 대략 60만 원 정도다.

'왜 이 사람은 회사 돈을 개인적으로 쓸 수 있는 걸까?'

"지혜야!"

그가 옆 팀 여직원을 복도에서 큰 소리로 부른다.

"예, 이사님."

"나 얼마 전에 다친 다리가 아직 안 나아서 그러는데, 식당 가서 라면 좀 끓여달라 해서 가져와!"

"예, 이사님."

왜 그는 아래 직원에게 업무가 아닌 개인적인 일을 시킬 수 있을까?

답은 하나다. 그는 '패밀리'니까 오너의 아들이니까.

회사생활에서 아랫사람으로 일하는 것에는 거부감이 없었다. 그러나 내가 납득할 수 없는 권위에 의한 아랫사람이 되고 싶지는 않았다. 정의롭지 않다고 생각했다.

그의 권위는 그의 노력에 의한, 그의 역량, 그의 품성에 의한 권위가 아니었기 때문이다.

그래서 회사를 떠나게 되었다. 납득할 수 없는 권위에 내가 대항할 수 있는 선택지는 이것밖에 없었기 때문이다. 그 권위를 인정하기에는 내 마음이 너무나도 불편했다.

정의롭지 않다는 것은 내 생각과 행동에 대한 합리화일 뿐, 본심은 빈정이 상했기 때문이라고 볼 수도 있겠다.

이제는 전(前) 직장이 되어 버린 그곳에 대한 생각을 하며, 홋카이도 신 치토세 공항에 내렸다. 새로운 직장으로 출근하기 전, 새로운 곳을 경험하고 싶었다. 기왕이면 그 새로운 곳이 내 취향에 맞는 곳이었으면 했고, 예전 만화에서 본 추운 겨울날 눈이 내리는 허름한 선술집이 인상에 깊게 남았고 그곳의 배경이 홋카이도이기에 이곳을 택했다.

입국수속을 마치고, 숙소에 짐을 풀었다. 그리고 오타루로 향했다.

영화 러브레터의 배경이기도 하며, 내 뇌리에 깊이 박힌 눈이 내리는 허름한 선술집의 배경과 상당히 비슷한 곳이다. 눈은 내리지 않았지만, 그곳에서 홋카이도에서만 파는 버전의 삿포로 맥주를 먹으며 예전부터 가졌던 로망을 실천하기에 마음은 흡족했다.

저녁의 오타루 관광을 마치고 숙소가 있는 삿포로 행 전철에 몸을 싣는다.

지하철에서 습관적으로 인터넷 네이버를 켠다. 기사들을 본다. 그렇게 전철은 삿포로로 향하고 있었다.

"한국 사람이세요?"

옆 자리의 한 여자가 묻는다.

사실은 나도 옆 자리 여자를 신경 썼다. 핸드폰 배경화면이 '응답하라 1994'였기 때문이었다. 한국 사람이라는 생각에 반가웠다. 말을 걸고 싶었지만 해외에서 괜히 수작 부린다는 오해를 받기 싫었고, 또 그 사람이 나를 신경 쓰지 않는 한 그녀의 여행을 방해하고 싶지는 않았기 때문이다. 그렇기에 그녀의 물음이 내심 반가웠다.

"네 맞아요. 여행 오셨나 봐요?"

잠시 말이 없다. 그러더니 핸드폰을 꺼내더니 어플을 켠다.

그리고 일본어를 입력한다. 한국어/일본어 번역기였다.

그렇다. 그녀는 한국인이 아니었다. 일본인이었다.

그녀가 쓴 일본어가 한국어로 변환되었다.

"네 안녕하세요. 저, 한국 좋아해요, 서울 두 번 가봤어요."

나도 한/일 번역기를 다운받았다. 그리고 한글로 쓴다.

"아 네. 저는 홋카이도에 처음 왔어요, 참 좋은 것 같아요."

그렇게 대화를 해 나간다.

그렇게 지루할 틈 없이 전철은 삿포로 역에 도착했고 나와 그녀는 걸으면서도 한/일 번역기를 통해 이런저런 대화를 하기 시작했다.

"저 4박 5일 있어요. 가기 전날 삿포로 시내 관광할 건데 가이드 해주세요. 저녁 대접할게요."

다른 생각은 없다. 그저, 외국에서 누군가를 만난 것이 처음이었기 때문에, 그렇기에 왠지 모르게 애틋함 같은 설명하기 어려운 감정이 느껴졌기 때문이다.

"네 그래요, 그런데 어디서 어떻게 만나죠?"

"아까 보니까 카카오톡 있으시더라고요, 제가 저 추가시켜 드릴게요. 3일 후에 삿포로 시계탑에서 만날래요?"

"네 그래요, 등록해 주세요."

그렇게 내 아이디를 그녀에게 등록시켜 줬다.

신기했다. 외국에서 이성을 만난다는 게, 근데 더 신기했던 건 한 번도 느껴보지 못했던 감정이 생겼기 때문이다. 그동안 어떤 누군가를 사랑했던 감정과는 달랐다. 그냥 뭔가 따뜻했고 마음이 평안해졌다.

숙소에 도착하여 씻은 후 편의점에서 사온 삿포로 한정판 맥주를 들고 누웠다.

"지이잉~"

"오늘 반가웠어요. 저는 아키예요. 27살이고 동물병원에서 일해요."

한국말로 카톡이 도착한다.

그러고 보니 서로 이름도 몰랐다. 나이도 몰랐다. 그럼에도 불구하고 따뜻하고 평안했던 감정이 느껴졌던 이유는 뭘까?

답장을 했다. 나 또한 번역기를 켜서, 내가 하고 싶은 말을 한국어로 적었고 그것을 일본어로 번역하여 보냈다.

"아 네, 저는 김민준이에요. 나이는 31살이고 회사에서 기획부서에서 일하고 있어요."

"내일은 어디 가세요?"

"저 내일은 좀 멀리 가보려고요. 하코다테 갈라고요."

"아, 하코다테, 거기 먼데…."

"여기 일본은 기차가 잘 되어 있더라고요. 좀 멀어도 기차 타는 것도 여행인 것 같아서 기대되네요."

"네 잘 다녀와요."

더 이상 할 말이 없었다. 그녀도 더 이상 말이 없었다.

아침에 하코다테 행 첫차를 탄다. 하코다테는 삿포로에서 3시간 이상 걸리는 곳이기에 첫차를 타는 것이 여행에 있어 합리적이라고 생각했다.

기차를 탄 채 풍경을 바라본다. 바다가 보인다. 그리고 기차가 달리는 바람에 앙상한 잡초들이 흔들거린다. 한창 회사에서 일하고 있을 친구들에게 메시지와 이곳의 사진들을 보내본다. 부러워한다. 마감 때문에 바빠서 정신없다고 한다. 내심 기분이 좋다.

가면서, 책자와 인터넷을 통해 홋카이도에 대해 공부한다.

'도야'라는 곳이 눈에 띈다. 그곳은 G8 정상회의가 열렸던 곳으로 호수로 유명하다. 사진을 살펴보니 참으로 한적하다. 아무것도 없다. 그냥 호수가 보인다.

그래서 가고 싶다. 그냥 눈 덮인 곳에서 호수를 바라보고 싶었다. 지금 나는 밝기보다는 어둡고 싶고, 활기차기보다는 고요하고 싶다. 하코다테 행 기차가 가는 곳 중간쯤에 도야 역이 있다. 그곳에 내려, 버스를 타고 무작정 도야 호수로 향했다.

호수를 바라본다. 알고 있었던 것처럼 아무것도 없다. 그냥 호수다. 깨끗하고 고요한 호수.

'난 왜 행복하지 않지?' '왜 사는 게 재미가 없을까?' '왜 내가 가지지 못한 걸 다른 사람들은 가질 수 있을까' '그 사람들이 정말 부럽다.' '나보다 아팠던 사람일까? 나보다 많이 노력했던 사람일까?' '그렇지는 않은 것 같은데' '왜 나는….'

이런저런 어두운 생각이 들었다. '새 직장은 어떤 곳일까?' '직장인들이 많은 동네인데 진짜 직장인이 된 기분이겠지?' '분명히 연봉은 많이 올랐는데, 이 돈 어떻게 관리하지?'

생각의 밸런스를 맞추고자 억지로 밝은 생각도 해본다.

'가자.'

도야 호수를 둘러보고 다시 기차역으로 향한다. 목적지 하코다테를 향해….

핸드폰을 본다. 이곳에서 여행 온 것을 자랑한 친구들의 메시지, 그리고 생각도 안 한 메시지가 하나 와 있었다.

아키 : "하코다테 도착했어요?"

"아니요, 가다가 도야 호수에 잠깐 들렀어요."

"저 하코다테 왔어요."

"아? 네 진짜요??"

어떻게 답을 해야 할지 고민이 된다. '설마 나 때문에?' '아냐, 그냥 온 거겠지.' 착각일지도 모른다는 생각에 스스로 머쓱해졌다.
그녀를 떠본다.

"하코다테 돌아다니다 아키 만나는 거 아니에요? 혹시 만나면 저녁 먹어요."

"하코다테 역에 있을게요. 도착하면 연락 주세요."

전혀 생각지도 못한 일이었다. 번역기를 통해서 오는 메시지들이라서 잘못 해석된 게 아닌가 하는 생각이 들었다. 가령 "저 이제 거의 다 도착했어요"라는 글을 쓰면 번역기는 "저는 이제 도착합니다." 이런 식으로 번역을 해주기 때문에….
'착각이면 어때, 아니면 아닌 거지 뭐…'라고 생각하며 다시 하코다테 행 기차에 몸을 싣는다.
하코다테에 도착했다. 아키에게 연락을 한다.

"저 하코다테 도착했어요."

"저 하코다테 역 입구 앞에 있어요."

"네, 거기로 갈게요."

아키가 보인다. 내가 먼저 웃으며 인사를 했다.
"곤니치와."
아키 역시 웃으며 인사한다.
"안녕하세요."
용기를 내서 번역기를 켜고 아키에게 물었다.

"하코다테는 어쩐 일이에요? 저 때문에 온 거예요?"

번역된 문장이 있는 내 핸드폰 화면을 아키는 바라본다.
그러더니 살짝 웃으며, 자신의 핸드폰으로 번역기를 돌린다.

"아니요, 그냥 바람 쐬고 싶었어요."

"아 네…."

내심 말만 그렇게 하는 거면 좋겠다는 생각이 든다.

그런데 내게도 갑자기 불안함이 엄습한다. 같이 다니면서 말없이 다닐 수는 없으니 말을 해야 할 텐데, 그러면 계속 핸드폰 들었다 놨다 해야 한다는 생각이 들었기 때문이다. 어찌 되었든 나는 여행을 온 것이기 때문에… 그런 번거로움이 부담으로 다가왔다.

그렇게 택시 정류장으로 향했다. 그곳에서 한번 더 당황스러운 마음이 들었다. 나는 우선 예약한 호텔로 가야 했기 때문이다. 내가 하코다테에 도착한 시각은 오후 5시경, 하코다테에서 삿포로까지는 3~4시간의 거리. 아키는 오늘 삿포로로 돌아갈 생각일지, 아니면… 마음속으로 고개를 돌린다. '나 무슨 생각 하는 거지?'

"아키, 난 호텔에 체크인 하러 가야 해요."

"네, 어느 호텔이에요?"

"하코다테 그랜드 호텔이요."

아키는 일본어로 택시 기사에게 말한다. 하코다테 그랜드라는 말을 분명 들었다.

"아키는 몇 시쯤 삿포로로 돌아가요?"

"저도 숙소 예약해 놨어요."

민망했다. 혼자 멋대로 이상한 생각을 하고 있었으니 말이다.

호텔에 체크인을 하고 나왔다. 아키에게 내가 가고자 하는 곳을 이야기했고 그렇게 생각지도 못한 아키와의 여행이 시작되었다.

처음 간 곳은 세계 3대 야경으로 불리는 하코다테 전망대였다. 케이블카를 타고 수많은 인파와 함께 산 정상으로 올랐다. 기분은 좋았다. 사진으로만 보던 하코다테 야경을 본다는 기대감, 그리고 외국에서 처음 보는 여자와 함께 여행을 다니는 평범하지 않은 경험을 내가 하고 있기 때문이었다. 하코다테 전망대에서의 야경은 환상적이었다. 눈앞에 보이는 바다와 불빛들이 너무나 좋았다.

나는 신기한 표정으로 야경을 즐기는데, 아키는 그렇지 않은 것 같다. 그냥 일상적인 표정이다.

"아키, 여기 와 본적 있어요?"

"네, 저는 여기 많이 와 봤어요."

그녀의 표정이 이해가 간다. 그런데 이쯤에서 또 한번 궁금증이 생긴다. 그러면 도대체 왜 아키는 이 먼 하코다테까지 왔을까? 묻고 싶었지만 차마 물어보지 못했다.

'진짜 내가 마음에 들어서 그러는 걸까?'라는 생각만 혼자 하며, 아니라고 속으로 고개만 저을 뿐이었다. 나는 내가 보기에 여자들에게 그리 매력적인 사람은 되지 못한다고 생각한다. 준수한 외모를 가지지도 않았고, 좋은 몸을 가지고 있지도 않았다. 춤, 노래 등을 잘하지도 못하며, 그렇다고 재미있는 사람도 아니다. 오히려 캐주얼하고 가벼운 대화보다, 뭔가 진지한 얘기를 좋아한다. 쿨하지 못한 성격 탓에 있는 그대로 받아들이지 못하고 말과 행동의 의미를 찾아내고자 애쓰는 편이다. 실제로 이성에게 나의 마음을 표현했을 때, 긍정적인 대답보다는 부정적인 대답을 좀 더 많이 들었다. 긍정적으로 얘기하더라도 나는 좋은 사람은 될지언정 매력적인 사람은 되지 못한다고 생각한다.

나와 아키의 다음 행선지는 하치만자카이다. 자카는 우리 말로 언덕이라고 한다. 즉 하치만 언덕이라는 곳이다. 이 언덕에서 바라보는 하코다테 만의 풍경으로 유명하다.

언덕 아래 하코다테 만을 배경으로 고맙게도 아키가 사진을 찍어 준다.

그리고 본인의 핸드폰을 꺼내 다시 번역기를 돌린 후 내게 보여 준다.

"잘 나왔어요."

"고마워요."

아키와 함께하는 사진을 남기고 싶었지만, 그러지 않았다. 그냥 가로등이 환하게 켜진 벤치에 앉았다. 눈 때문에 덮여 있었지만 내가 가지고 있던 쇼핑백을 벤치에 깔아주었다.

"아키는 무슨 생각 하면서 살아요?"

지금까지 아키와 했던 대화들이 서로에 대한 객관적인 정보, 여행지에 대한 감흥이었다면 어쩌면 이번 질문은 처음으로 아키라는 사람 그 본질에 대한 질문이었다.
기대에 찬 채, 아키의 대답을 기다렸다.

"재미있고 싶다라는 생각 많이 해요."

그 말에 순간 당황했다. 내 생각을 들켜 버린 것 같다는 생각이 들었기 때문이다. 난 재미있고 싶었다. 내 주위에 좋은 사람은 많다. 그러나 미안한 얘기지만 재미있지는 않았다. 옆에 있다는 게 힘이 되고, 의지는 되었지만 어쩌면 그 익숙함 때문인지 내 삶의 새로운 자극이 되지는 못했다. 그들에게 솔직하지 않은 건 아니었지만 내가 하는 얘기도 뻔했고 그들의 반응도 예상이 되었다. 바꿔서 친구들이 하는 얘기도, 그에 대한 나의 반응도 뻔했다.

이들과는 익숙함과 편안함 그리고 서로 기대고 이끌어주는 존재로서 평생 갈 것이지만 재미와는 조금 거리가 멀다고 느껴왔다. 어쩌면 아키도 나와 같은 상황인지가 궁금해졌다.

그날 난 숙소로 돌아가지 않았다. 다음날 아침까지 하치만자카에서 하코다테를 바라보며 아키와 번역기를 통해 대화했다. 핸드폰 배터리가 방전된 이후에는 한국을 좋아하는 아키의 사전을 가지고 어렵게 어렵게 이야기했다.

아키는 도쿄에서 학교를 다녔고, 1년 전 이곳 홋카이도로 왔다고 했다. 친한 친구들은 대부분 아직 학교에서 공부하고 있고, 친구들이 방학할 때면 도쿄로 놀러 가거나 친구들이 홋카이도로 온다고 했다. 그래서 평소에는 동물병원 동료들, 그리고 집에서 키우는 강아지가 친구라고 말했다. 왜 홋카이도로 왔냐고 물었지만 그 이유는 알 수가 없었다.

아키는 내게 대답을 했지만, 사전을 가지고 바디 랭귀지를 통해서 이야기해도 의미를 파악할 수 없었다.

아침이 밝았다. 자지도 않은 숙소에 가서 짐들을 가지고 트램을 타러 트램 정차장으로 간다. 그때 아키가 내 손을 잡는다. 그냥 말없이 트램으로 갔고, 하코다테 행 기차를 타고 삿포로로 향했다. 밤을 샌 탓인지 나와 아키 모두 잠들었다.

삿포로 역에 도착했고, 나는 숙소로 아키는 집으로 가기 위해 헤어질 시간이다.

"어제 오늘 재미있었어요."

"네, 조심히 들어가요."

다음 약속을 잡지도 않았고, 그 이상의 어떤 대화도 없었다.

아키가 싫어서는 아니었다. 그냥 이렇게 하는 것이 옳다고 생각했다.

외국에서 만난 외국 여자, 나와 같은 고민을 가지고 있던 여자였지만 질문, 대답으로 이뤄질 수밖에 없는 대화가 참 힘들었고 그로 인한 어쩔 수 없는 어색함이 힘들었다.

또한 무엇보다 중요한 것은 내가 아키에게 느꼈던 감정은 내가 그동안 느껴왔던 이성에 대한 감정은 아니었기 때문이다.

그러나 한 가지는 확실했다. 언어의 한계로 잘 소통할 수는 없었지만 어쩌면 오랜만에 느낀 가장 잘 된 소통이라는 것.

아키와 똑같은 외모, 똑같은 생각을 가진 사람을 한국에서 만났다면, 나는 그녀에 대해 어떤 감정을 가졌을까? 지금처럼 가장 잘된 소통을 했다고 생각할 수 있었을까?

우리네 주변에서 볼 수 있는 수많은 연인들, 친구들, 동료들 이들과의 관계와 그 안에서의 감정은 무엇에 기인한 것일까? 말이 잘 통함일까? 설명하지 못하는 어떤 본능일까? 그 본능은 어디에서 오는 걸까?

아키와의 짧은 만남 속에서 생각했다. 새로운 환경에서, 새로운 방법으로 만났기에 상대를 무겁게 생각했고 그 무거움이 진심을 만들었으며, 그 진심을 상대가 진지하게 공유해 줬기에 훌륭한 소통을 했다고 말이다. 아울러, 그 무거움의 다른 이름은 사람 자체에 대한 진지한 관심이 아니었을까?

아마 내가 일상을 살고 있는 곳에서 익숙하게 만난 사람이라면 나는 사람 자체에 대해 진지한 관심을 만들어 낼 수 있었을까?

상대는 정말 진지하게 내 진심을 공유해 줄 수 있었을까?

더 가볍게, 더 재미있게

"아줌마 여기 껍데기 1인분하고 자몽 이슬 한 병 주세요."

"총각, 오랜만에 왔네? 그동안 너무 뜸해서 뭔 일 있나 걱정했어."

"진짜요? 아줌마 영업 되게 잘하시는데? 그러니까 이렇게 장사가 잘 되지."

"진짜 아니야 총각, 총각은 다르지. 몇 년을 봤는데."

"장난이죠, 고마워요."

"오늘 같이 온 총각은 처음 보는 친구네?"

"네 고등학교 친구예요, 오랜만에 온 친구니까 맛있게 해줘요. 내가 여기 껍데기 엄청 추천했어요."

"알았어, 친구 총각은 보니까 여리여리하네. 많이 먹어야겠어. 3인분 같은 2인분 줄 테니 기다려."

단골 껍데기집 아주머니는 사람 좋은 웃음을 지으며, 주방으로 들어간다.

잠시 후, 껍데기와 술이 나온다.

"진태, 얼마 만이냐 요즘 뭐하고 사냐? 장사는 잘 되고?"

"그럭저럭이지 뭐, 민준이 너 안 덥냐? 여름에도 회사, 넥타이 하고 다녀? 넥타이라도 좀 풀러."

"그러고 보니 넥타이 계속 하고 있었네. 매일 차고 다니니까 더워도 더운지 모르겠다."

"그래도 벗어, 보는 사람 답답해 이놈아."

"알았다. 한 잔 하는 데 옷차림은 바로 해야지."

나는 넥타이를 풀렀다.

퇴근 후, 오랜만에 고등학교 친구 진태를 만났다. 진태는 일찌감치 회사를 그만두고 휴대폰 영업을 시작하였다. 센스 있고, 사람을 재미있게 해주며, 편안하게 해주는 묘한 매력을 가진 친구여서 그런지 능력을 인정받았고, 젊은 나이에 휴대폰 매장 하나를 인수하게 된 친구다.

"민준이 너 철구 얘기 들었냐?"

"철구? 철구가 왜?"

"철구 이번에 결혼한댄다."

"아 진짜? 맞아. 그러고 보니 저번에 애들 다같이 만났을 때 여자친구 데리고 왔었잖아.

뭐 대학 입학할 때부터 만났다가 헤어졌다가 하더니 결국은 결혼하긴 하네.

"아니, 다른 사람이야. 철구 걔 원래 노는 거 좋아하잖아, 클럽 갔다가 만난 여자애 있었는데 작업 걸어서 만나다가 애 생겨서 그 친구랑 결혼 한다고 하더라고. 지난주에 우리 매장으로 폰 사러 같이 왔길래 봤는데 진짜 예쁘더라, 모델이래."

"야, 전 여자친구 대학생 때부터 만났으면 거의 10년 아냐? 저번에도 보니까 카톡 프사 계속 그 여자던데. 그 모델 만난 지 얼마 안되었다는 소리잖아? 그 새끼 미친 새끼 아냐?"

"야 뭐 어때, 사람이 헤어지다 만나고 그럴 수도 있는거지."

"그래도 그렇지 10년 만나다가 헤어진 것도 좀 아닌데, 딴 여자 만나서 결혼하는 게 말이 되냐? 그 여자 얼마나 짜증나겠냐, 아 아무리 친구라도 이건 좀 아니다"

"뭘 그렇게 심각하게 생각해, 뭐 전 여친이야 자기 알아서 잘 하겠지, 야 그래도 우리가 친군데 친구 입장에서 생각해줘야지. 애가 보니까 얼굴도 진짜 예쁘고 잠깐 얘기해보니까 성격도 좋은 것 같더라."

"뭐 축하는 해줘야겠지만, 나중에 만나면 한 소리 해줘야겠네."

"민준이 새끼 아직 똑같네. 뭘 그렇게 혼자 심각해 해, 야 너도 그런 여신 포스 풍기는 애가 만나자고 하면 안 만나겠냐?"

"그거야 뭐, 그렇긴 하지."

"거봐 새꺄. 한잔 하자."

나와 진태는 웃으며 술잔을 기울인다. 너 같으면 그렇게 안 하겠냐는 진태의 말에 나 스스로도 자신이 없어서 웃으며 대화를 마무리했지만 속으로는 내심 불편하다. 아무리 그래도 이건 좀 아닌 것 같은데.

"야, 너 그거 기사 봤냐?" 진태가 묻는다.

"어떤 기사?"

"아까 너 만나러 오면서 보는데 신정환 복귀한다더라, 안 그래도 요즘 예능 핵노잼이었는데 그나마 좀 재밌는 거 생기겠네."

"신정환? 아니 걔는 사고치고 대중들한테 거짓말하고 자숙한답시고 들어간 지가 얼마 되지도 않은 것 같은데 어떻게 벌써 나와? 그건 아니지 집행유예 기간 아냐? 어떻게 공중파에 범죄자를 출연시키냐?"

"몰라, 자기들이 알아서 하겠지."

"야, 진짜 세상 미친 것 같네. 연예인들 계속 피해자 코스프레 하는데 얘네도 알고 보면 권력 어마어마한 것 같아 진짜, 내가 그랬어봐. 난 바로 회사에서 짤렸을걸?, 넌 이게 맞다고 보냐?"

"아 이 새끼, 또 진지병 발병했네. 우리가 뭐 잘못되었다 그런다고 뭐 바뀌냐, 그냥 재미있으면 그만이지, 괜히 말 꺼냈네. 옮겨서 술이

나 한잔 더 하자. 여기는 내가 살게."

진태는 서둘러 대화를 종결하고 한잔 더 하자고 했다. 나도 오랜 만에 만난 친구와 이런 이야기를 하는 건 아닌 것 같아 그러자고 했다.

서로 다르게 오고 가는 대화는 있었지만 그래도 친구는 친구였 다. 이제는 어느새 과거가 되어버린 20대 때 멋모른 체 하고 싶으면 함께 경험했던 이야기들, 이제는 조금은 가물가물하게 기억나는 고 등학교 학창시절 이야기들을 함께 웃으며 걸쭉한 농담들을 섞는 시 간은 제법 즐거웠다.

"야, 민준아. 담배나 한 대 피러 가자."

"그래, 그러자. 요즘은 술집도 다 금연이라 짜증나. 술 먹으면서 피는 담배가 진짜 좋은데."

"그러게 누가 뭐래냐? 술 먹을 때는 유도리 좀 부리지."

"어쩌겠냐 안 피는 사람이 불쾌하다는데."

"야 근데 담배 어디서 피냐? 여기 흡연실 없어?"

"물어보지 뭐, 저기요…."

내가 카운터를 지키는 주인에게 물으려던 찰나

"네? 무슨 일이세요?"

"여기 흡연실 없어요? 아 근데 저 어디서 본 적 없어요?"

진태는 옆에서 뭐가 좋은지 킥킥댄다.

"네?? 저요?? 에이 저희 처음 보는 것 같은데요?"

여자 주인은 웃으며 답한다.

"그래요? 아 진짜 다른 뜻이 아니고 낯이 익어서…."

"아!!! 혹시 최근에 강원랜드 오셨었죠? 바카라 하시고 돈 따서 집에 가시던 분??? 맞죠?"

"아… 네 맞아요. 여기에서 보네요. 원래 여기 사세요?"

"아 뭐예요. 이렇게 보니까 창피해요, 네 원래 집은 여기였어요, 이 동네 사시나 봐요?"

"네, 친구가 놀러와서 한잔 하러 나왔어요."

어떤 상황인지 모르는 진태가 옆에서 묻는다.

"야 민준이 너 강원랜드 다니냐?"

"아냐, 니가 생각하는 그런 건 아니고 재욱이랑 가끔 드라이브할 겸 가는 거야, 우리 할 일 없잖아, 내가 그런 거 할 성격이냐? 나 쫄보라서 도박 같은 거 못…."

말을 하다가 뒷끝을 흐렸다. 바카라에 익숙해 보였던 눈앞의 여자, 정지할 곳을 묻던 여자, 아니 이제는 이 맥줏집의 주인이 생각났기 때문이다.

"맞아요. 저번에 강원랜드에서 봤었는데, 영락없이 처음 와서 돈 따고 좋다고 가시던 분 같았어요 히히."

"아 일단 저희 담배 한 대 피고 올게요. 흡연실이 어디랬죠?"

"예, 나가서서 왼쪽 계단에서 피우시면 돼요."

나와 진태는 계단으로 나왔다.

"야 민준아. 저 여자 예쁜데? 괜찮아. 말도 사근사근하게 잘하는 것 같고, 무슨 사이야?"

"무슨 사이냐니, 그냥 재욱이랑 강원랜드 갔다가 우연히 말 몇 번 튼 사람이야."

"그래? 저 여자도 같이 한잔 하자. 사장인 것 같고 남자 둘이 마시는 것보단 낫지?"

"야 장사하는 사람인데 같이 마시겠냐? 뭐 정 그러고 싶으면 한번 물어봐봐."

"니가 아는 사람인데 니가 해야지, 이 정도면 인연인데."

"그럴까?"

나와 진태는 담배를 끄고 다시 맥줏집으로 들어갔다.

"저기요 사장님?"

"흡연실은 잘 찾아갔어요? 네? 뭐 도와드릴까요?"

"오늘 손님도 없는 것 같은데, 그냥 저희랑 같이 맥주라도 한잔 하실래요? 나이도 우리랑 비슷할 것 같고… 또 음… 같은 공간에 셋이 있는데 저랑 친구만 있으려니까 좀 그러네요."

"네? 음… 그럴까요? 마침 혼자 있기 심심하던 참이었는데."

그녀는 그렇게 우리와 합석을 하게 되었다.

"그때 카지노는 정지하셨어요? 아, 친구도 있는데 좀 물어보면 안 되는 건가?"

"아니에요, 괜찮아요. 네 그날 정지하고 왔어요, 이제는 다시 열심히 살아야죠."

"그래요, 앞으로 잘 될 거예요. 여기 분위기도 좋고, 앞으로 잘 될 것 같아요. 제가 그래도 여기서는 아는 사람 많아요. 많이 데리고 올게요."

"네 고마워요."

"아, 이름이 뭐예요?"

"저요? 전 서혜진이라고 해요, 그쪽은요?"

"아 저는 김민준이라고 하고, 이 친구는 유진태라고 해요, 혜진 씨 나이는?"

내 물음에 진태가 끼어든다.

"야 너 무슨 선 자리 나왔냐? 뭐 그런 얘기만 해? 근데 나이는 나도 궁금하긴 하다. 우리보다 누나 같은데?"

"뭔 말을 그렇게 하냐, 딱 봐도 스무살 초중반이시구만."

나는 진태가 초면에 이런 식으로 말하는 게 상당히 무례한 행동이라고 생각했다. 그리고 처음 만난 자리에서 근황을 묻고, 이름을 묻고, 나이를 묻는 것이 뭐가 문제인지 이해할 수가 없었다."

그제서야 혜진 씨가 웃으면 말했다.

"저는 올해 29살이에요. 민준 씨랑 진태 씨는요?"

"아 예 저희는 31살이에요."

내심 기분이 좋았다. 나에게 맞선 나왔냐며 타박을 주며, 무리하게 초면부터 상대가 기분 나쁠 말을 한다고 생각하는 진태보다 내 이름을 더 앞으로 해서 물어봐 주었기 때문이다.

새로 혜진 씨가 합류를 했고, 나와 진태도 마시던 맥주를 얼추 다 마신 시점이라 맥주를 새로 가져와야 할 것 같았다.

"맥주 가져와야겠네. 진태 너도 다 먹은 것 같고, 혜진 씨는 뭐 마실래요?"

"아 저요? 그럼 같이 맥주 가지러 가요."

"민준아 난 산미구엘 하나만, 집에 전화 좀 해주고 와야겠다."

그렇게 나와 혜진 씨는 맥주를 가지러 갔다. 나는 삿포로, 혜진 씨는 카스를 골랐다.

나와 혜진 씨는 곧 자리에 앉았고, 얼마 후에 진태가 전화를 마치고 테이블로 돌아왔다.

그리고 말했다.

"어? 혜진 씨, 왜 이런 맥주 골랐어요? 이런 거 맛없어, 맥줏집 사장님인데 맥주 볼 줄 모르시네."

"야, 사람마다 다 취향이 있는 거지 왜 그러냐?" 나는 가볍게 한마디 했다.

"아니에요. 카스가 얼마나 맛있는데요." 이어 혜진 씨가 웃으며 답한다.

"맛있긴 뭐가 맛있어요. 저거 진짜 별로예요, 보기랑 다르게 센스 없으시네."

혜진 씨는 그냥 웃고 만다. 그때 진태가 자신의 맥주인 산미구엘을 혜진 씨에게 건네고 카스를 자기가 가져온다.

"센스 있게 만들어 드릴게요. 오늘은 이거 마셔요."

"알았어요, 오늘은 진태 씨가 준 거 한번 마셔볼게요."

그렇게 우리 셋은 화기애애하게 맥주를 곁들이며 이야기를 나누었다.

나는 주로 혜진 씨 자체에 대한 질문이나 나에 대한 이야기를 많이 했고, 진태는 요즘 핫한 드라마 이야기, 핫한 맛집 등에 대하여 조금은 짓궂은 농담을 곁들이며 대화를 해 나갔다.

그렇게 시간을 보내고 나와 진태는 맥줏집을 나왔다.

"야 민준아. 너 저 여자한테 관심 있냐? 예쁘장하던데 잘해봐."

"에이 그때 한번 우연히 보고 이번에 본 건데 무슨, 그리고 카지노 출입하던 여자인데… 별 마음 없다."

"그러냐?"

"응, 야 넌 좋겠다. 사장님이라… 난 꼼짝없이 또 8시 출근이다."

"사장님은 무슨, 월급쟁이가 제일 좋다. 월급쟁이는 그냥 너 일만 열심히 하면 되잖냐?"

"월급쟁이 짜증난다. 그냥 옛날에 있던 노비랑 다를 게 없어. 아 그래도 잠은 집에 가서 자니까 굳이 따지면 솔거 노비는 아니고 외거 노비쯤은 되겠네. 게다가 옛날 노비들은 선비 아래에서 일했지, 지금 노비는 그냥 장사꾼의 노비인데 뭐가 좋겠냐?"

"쩝 그래 나도 회사생활은 해봤으니, 힘내자 우리 둘 다 나중에 성공하자."

"그래 너도 힘내라. 곧 또 보자. 너 재욱이랑 주영이 본 지 오래 됐잖아. 애네도 같이 부를 테니 같이 한번 보자."

"그래 알았다. 나 들어갈게."

그렇게 나와 진태는 헤어졌다.

오늘 본 혜진 씨는 분명 예쁘긴 예뻤다. 재욱이랑 강원랜드에서 봤을 때부터 돌아오면서 '저렇게 예쁜 여자가 왜 이런 곳에 오지'라 는 대화를 하기도 했으니까.

그러나 한번 우연히 보고, 또 우연찮게 동네에서 마주치고 맥주 한잔 했을 뿐이다. 그 이상의 의미를 부여하는 것은 적절하지 않다 고 생각했다.

그렇게 집에 도착해서 씻고, 내일을 위해 침대에 누웠다. 아마 가 장 편한 시간이면서 가장 아쉬운 시간이리라. 다른 건 좋은데 내일 아침에 또 일찍 일어나야 한다는 것은 싫다. 그리고 그 시간에는 항상 하고 싶은 것이 너무 많아진다. 그래서 잠이 안 온다. 그 시간 에 하고 싶어지는 것이 많아지는 이유는 아마도 내일 출근 때문에 '나는 할 수 없다'라는 금기가 자리잡고 있기 때문이 아닐까? 그 금 기를 깨고 싶어서 더 잠이 안 오는 것은 아닐까? 실제로 주말 전날 에는 잠이 너무 잘 온다. 참 이상한 일이다.

오늘 역시 잠이 오지 않아, 핸드폰을 뒤적거린다. 그러다… 페

이스북에 들어간다. 그리고 친구 찾기에 이름을 넣어본다.

"서혜진"

우리 동네 거주라고 나온다. 들어가 본다. 몇 개의 커버 사진과 가장 잘 나와 보이는 사진, 그리고 아주 가끔 남기는 음식 사진 들….

댓글은 항상 넘쳐난다.

[혜진이 사진 진짜 잘 찍네. ㄷㄷㄷ]

[잘 살고 있네. 한번 봐야지???]

[어? 나도 이거 먹어봤는데.]

'역시 예쁘니까… 어휴 남자들 속 보이네… 근데 이런다고 넘어가 겠냐? 쯧쯧."

이런저런 생각을 하던 중…

퍼뜩 폰을 덮는다.

'어휴 찌질해, 이게 뭐하는 거야.'

잘 알지도 못하는 나와는 아직 아무 관계도 없는 사람의 SNS를 몰래 찾아서 들어가서 보고 있다는 생각에 얼굴이 화끈거린다.

애써 잠이 들려 노력하며 눈을 감고, 그렇게 하루가 지나간다.

오늘은 금요일이다. 누구에게나 그렇지만 직장인에게 금요일은 최고의 날이다. 마침 윗분들은 모두 회의에 들어갔다. 사무실에는 나와 나보다 연차가 낮은 후배, 그리고 나와 친한 대리님들만 남아 있다.

한결 여유 있다. 슬쩍슬쩍 보던 주식도 나름 당당하게 보고, 소셜 커머스에서 여행상품도 당당하게 살펴본다. 그렇게 오전이 지나가고 오후다.

'이제 반나절만 하면 된다, 시간 빨리 가게 일 열심히 해야지.'

그리고 오늘은 저녁 약속도 잡혀 있어서 좋다.

오늘은 주영이가 지방에서 이곳으로 오는 날이다.

기본적으로 재욱이와 주영이, 나 우리 셋은 매우 친하다. 무엇보다 오랜 시간을 함께 했고 서로의 상황에 대해 잘 알기 때문에 매우 흉허물 없는 사이다. 재욱이와 나의 경우는 근처에 살고 있고, 또 재욱이가 프리랜서라 자주 보지만, 주영이는 지방에서 근무하는데다가 마침 지방에서 여자친구가 생겨서 쉬랴, 데이트 하랴 올라오기가 쉽지 않다.

목요일날이 되면 나와 재욱이는 단체 카톡방에서 주영이에게 묻는다.

"효냐? 불효냐?"

여자친구 때문에 자주 오지 못하는 주영이에게 장난 삼아 올라오는지 안 올라오는지 묻는 말이다.

이번 주 목요일에 주영이는 "효다"라고 말했으니 오늘은 올라온다는 말이다.

주영이가 올라오는 날에는 미리 약속을 잡고 하지 않는다.

그냥 "어디냐" 이 말 하나면 충분하다. 올라오는 날은 암묵적으로 함께 만나는 것으로 되어 있기 때문이다.

재욱이는 오늘 일이 있어서 늦는다고 했다. 프리랜서이기 때문에 자주 볼 수 있지만 또 아이러니하게 프리랜서이기에 금요일 밤, 주말에도 가끔은 함께 못하는 사람이 재욱이다.

주영이에게 내가 살고 있는 동네로 오라고 했다. 차 타고 20분 정도의 거리지만 우린 서로 본인의 동네에서 만나고 싶어한다. 오늘은 내가 이겨서 우리 동네에서 보기로 했다.

"야 이마트야 나와."

"응 갈게."

만나는 과정도 하나도 변함이 없다.

"저녁 먹었냐?" 내가 물었다.

"당연히 안 먹었지, 올라와서 집에 짐만 놓고 바로 왔다. 내가 왔으니까 너가 쏴라."

"공기업 직원이 이거 왜 이래?"

"야 씨, 니가 더 잘 벌잖아."

"난 한철 장사지, 너는 죽을 때까지 벌잖냐."

이런 시덥잖은 대화를 하며 우리는 함께 저녁을 먹으러 식당으로 들어간다.

여느 때와 다름없이 오늘도 껍데기집이다.

"아이고 총각 또 왔네? 오늘도 똑같은 거? 이 친구는 기억나네, 너무 오랜만에 왔네."

"예 아줌마. 이 친구 바쁜 친구예요. 뭐 시킬지는 아시죠? 3인분 같은 2인분 껍데기요."

"알겠어 잘해줄게."

아줌마는 웃으며 주방으로 향한다.

"새끼 뭐 이리 안 올라와 연애하는 거 티 내냐?"

"야 어쩔 수 없다. 같은 지방이라도 멀리 떨어져 있어서 주말 아니면 시간이 없다."

"어휴 어머니 얼마나 서운하시겠냐, 효도 좀 해라."

"야 엄마도 다 이해할 거다. 그건 그렇고 회사는 별일 없냐?"

"뭐 매일 똑같지, 요즘 중국 쪽이 워낙 잘 나가서 회사 자체는 괜찮은 것 같다. 근데 내가 잘 돼야지, 회사 잘 돼 봐야 뭐하냐? 이 새끼 너네 회사가 우리 회사 주주라고 회사 내부정보 염탐하는 거냐?"

주영이가 다니는 공기업이고, 우리나라 많은 회사에 투자를 하는 곳이다. 그렇게 나와 주영이는 서로에 대한 안부를 나누고 이런저런 얘기를 한다.

"재욱이 애는 왜 안 오냐?"

"몰라, 오늘 늦는다 그랬잖아, 요즘 좀 바쁜 것 같더라. 2차 가서 기다리자 맥줏집 괜찮은 곳 있어."

나는 혜진 씨의 맥줏집을 생각했고, 주영이를 그 맥줏집으로 안내했다.

"안녕하세요."

"어 오셨네요? 오늘은 같이 오신 분이 바뀌셨네?"

"그러게요, 진태랑은 다음에 한번 올게요."

"아 너 진태랑도 왔었냐? 진태 잘 사냐? 본 지 오래되었네."

"응 그럭저럭 잘 살더라."

나와 주영이는 테이블에 앉았다. 지난주 진태와 함께 똑같은 자리에 앉았다. 똑같은 곳에서 똑같은 맥주를 마시지만, 그때와는 사뭇 느낌이 달랐다.

더 오래 보고, 더 자주 만나는 친구라서 그런지 마음이 좀 더 편했다.

나와 주영이는 많이 다르지만 또 많이 비슷하다. 혼자 있는 걸 좋아하는 주영이와 달리 나는 혼자 있는 것도 좋지만, 혼자 있을 때 외로움을 잘 느끼는 편이다. 주영이는 운동을 좋아하지 않지만,

나는 운동하는 것을 좋아한다. 그러나 나와 주영이는 비슷한 점도 있다. 주영이와 나는 둘 다 책 읽는 것을 좋아한다. 나는 논리적이고 비판적인 칼럼을 좋아하고 주영이는 잠시 잘 나가던 회사를 그만두고 신춘문예에 도전할 만큼 문학을 좋아한다.

그러나 둘 다 읽고, 생각하는 것을 좋아하기 때문에 함께 이야기하면 공통점이 많다.

그 덕에 나와 주영이에게는 지적 허세가 가득 쌓인 대화를 하며 만족하고 우리는 수준 높은 이야기를 하는, 수준 높은 사람이라는 남들이 들으면 가소로운 자부심을 가지고 있는 것도 사실이다. 물론 그 강도는 내가 좀 더 센 것이 사실이지만….

오늘도 주영이와의 대화가 그쪽으로 흘러간다.

"야 이번 총선 걱정되지 않냐? 여당이 엄청 유리해 보이네."

내가 주영이게 물었다.

"그러게 나도 막내라 티는 잘 안 내는데 회사 사람들 보면 은근히 여당 지지하는 사람이 더 많아 보이더라, 젊은 사람은 우리랑 비슷한데 나이 드신 분들은 거의 다 여당 쪽 같아."

"난 차라리 여당 지지하는 사람은 뭐 이해는 돼, 자기들이 뽑고 싶다는데… 근데 난 자기는 중립이라면서 양쪽 다 싸잡아서 뭐라 그러고, 누가 돼도 다 똑같다는 사람들은 진짜 극혐이더라."

"그치? 나도 그런 사람 진짜 별로." 주영이가 내 말에 화답해준다.

그때, 혜진 씨가 우리 옆을 지나간다.

"그러니까, 그 사람들은 중립적인 게 뭔가 냉철하고 있어 보인다고 생각하는 것 같아. 마치 자신은 양측의 의견을 다 균형 있게 생각하고 객관적으로 판단한다고 생각하는 것 같아. 근데 그 단테의 신곡에 이런 말 있잖아. "지옥의 가장 뜨거운 곳은 도덕적 위기의 시대에 중립을 지킨 자들을 위해 준비되어 있다."라고 그리고 영조랑 정조의 탕평책에서 정조의 탕평책이 더 높이 평가받는 이유도 영조의 탕평이 기계적 형평의 탕평이었다면, 정조는 시비가 분명한 탕평을 하려 했던 거라서 그러는 건데 우리나라 참 쿨가이들 많은 것 같아."

평소보다 더 높은 목소리로 말한다. 나도 모르게 나의 이런 지적인 말을 혜진 씨가 들어 주길 바랐던 것이 사실이다.

그러나 혜진 씨는 내 말을 들었는지 안 들었는지 우리에게 묻는다.

"과자 더 드릴까요?"

"예 여기 과자 맛있네요. 더 주세요. 그때 말한 자격증 준비는 잘되어가요?"

"아 네 뭐 그냥 그렇죠. 아 잠깐만요."

혜진 씨는 갑자기 울리는 핸드폰을 보더니 황급히 우리 자리를 뜬다.

주영이와 대화가 혜진 씨의 등장으로 잠시 끊겼지만 혜진 씨가 자리를 황급히 뜬 후 다시 이어졌다.

"그렇지. 요즘 사람들은 옳고 그른 거에 대한 생각이 확실히 예전보다 좀 줄어들긴 한 것 같아."

"하여튼 요즘은 옳고 그른 건 별로 안 중요해, 진지한 건 지루하고.. 그저 보기 좋고, 아름답고 재밌으면 그걸로 되는 세상 같아. 꼰대나 이상한 찌질이처럼 안 보이려면 극성 맞으면 안 되는 세상이지."

"맞아. 포스트모더니즘화 되면서 뭔가 절대적인 것을 추구하는 기류가 많이 잦아든 건 사실이지, 뭐 개인의 감정이나 느낌을 중시하는 게 나쁜 건 아닌데, 좀 가벼워지는 느낌은 분명 있는 것 같아."

"그러니까, 미디어에서는 마치 그런 모습이 쿨한 것처럼 묘사하고… 봐봐 연예계도 옛날에는 가수는 일단 노래를 잘 불렀는데 요즘은 누가 그거 보냐? 그냥 듣기 좋고 느낌 있어 보이는 후크송에 잘생기고 예쁘면 되는 세상이잖아."

내가 이런 대화를 할 수 있는 유일한 사람은 주영이다. 오만하게 얘기하자면 이런 수준 높은 대화를 아니 내 생각을 진지하게 받아주며 뭔가 통한다라는 느낌을 주는 사람이 주영이기 때문에, 주영이와의 대화는 항상 즐겁다. 그리고 대화 속에서 함께 오래 알고 지낸 친구 이상의 동지의식을 느끼기도 한다.

그렇게 대화를 하던 중에 혜진 씨가 온다.

"아 죄송해요, 아 참 아까 뭐 시켰었죠?"

"혜진 씨가 과자 좀 더 줄 건가 물어서 과자 더 달라고 그랬었어요."

"아 맞다. 내가 요즘 정신이 없어요."

혜진 씨는 서둘러 과자를 가지고 왔다.

"저 잠깐 앉아도 돼요? 오늘도 손님이 별로 없네요. 오픈한 지 얼마 안 되긴 했어도 이러면 안 되는데."

"에이 오픈한 지 얼마나 되었다고, 곧 손님 많이 올 거예요, 같이 한잔해요. 이 친구는 박주영이라고 해요."

"민준 씨는 친구들한테 인기 좋은가 봐요, 저번에 진태 씨도 그렇고 오늘 같이 온 주영 씨도 그렇고 다들 민준 씨 사는 곳으로 오네요."

기분이 좋았다. 뭔가 내 매력을 어필한 것 같아서….

"민준 씨나 주영 씨 그리고 진태 씨 셋 다 친해요? 저는 여기저기 이사 다녀서 친구가 별로 없어요."

"아 그러시구나… 많이 외로우시겠어요. 동네 친구 해요 자주 놀러 올게요, 시간 나면 나중에 커피도 한잔 하시고."

"네 그래요. 다음에 꼭 한번 봐요. 진태 씨도 그렇고 다 같이 보면 재밌겠어요. 여기 주영 씨도."

그러더니 혜진 씨는 핸드폰을 슬쩍 본다. 나는 그냥 아무 생각 없이 혜진 씨를 보면서 핸드폰을 본다.

핸드폰 액정에는 카카오톡 화면이 떠 있고 다음과 같이 써 있었다.

[진태 오빠]

그리고 혜진 씨는 살짝 미소를 짓는다.

"주영아 우리 이제 그만 일어나자."

"벌써? 왜? 내일 쉬는 날이잖아."

"그냥 나가서 바람이나 좀 쐬자, 덥네."

"어 가시게요? 네 계산 카운터에서 도와드릴게요."

혜진 씨는 황급히 카운터로 이동한다.

"이 만원 나왔어요."

"네 카드로 할게요."

"서명해 주시고요, 민준 씨 나중에 진짜 다같이 또 한 번 봐요, 주말 잘 보내요!"

나는 아무런 대답 없이 카드승인완료 문구를 확인하고 영수증도 받지 않고, 맥줏집 문을 나온다.

"주영아 가자"

"갑자기 뭔 바람을 쐰다고 그래."

"나 원래 바람 쐬는 거 좋아하잖아, 그냥 답답하고 그래서"

"뭐가 그렇게 답답하냐, 위에서 분위기 좋았구만, 너 갑자기 왜 짜증났냐? 이 새끼 또 뭐 짜증났네."

"아냐, 양꼬치에 칭따오나 가자."

"바람 쐰다더니 알았어, 거기로 가자, 양꼬치에 칭따오 또 기가 막히지"

그렇게 양꼬치 집으로 왔다.

주영이가 묻는다.

"야 뭔 일이야?"

"하아 모르겠다."

"뭐가? 너 저 여자랑 뭔 일 있었냐? 아무렇지도 않던 애가 갑자기 왜 그래?"

"휴우… 그냥 짜증난다."

"하여튼 생긴 거랑 다르게 졸라 예민하다니까… 뭔데?"

재욱이와 주영이가 내가 의미 있는 친구들인 이유는 이것이 제일 크다. 이 친구들한테는 창피하고 불편한 이야기들도 아무 부담 없이 할 수 있다는 점.

"저번에 진태랑 여기 왔었거든, 거기서 그냥 한잔하고 헤어졌는데 오늘 핸드폰 우연히 지나가다 봤는데 진태랑 연락하는 것 같더라."

"병신 그게 왜? 진태가 맘에 들었나 보네. 너도 저 여자한테 관심 있냐?"

"에이 어쩌다 우연히 두 번 본 여자인데 관심은 뭔 관심이야."

"근데 왜 지랄이야?"라며 낄낄댄다.

"아니 꼭 그런 건 아니고, 아 몰라 씨발."

"좋아하는 것도 아니라면서 너가 왜 짜증내, 마음 있나 보네."

"아니, 그게 아니고 실은 맥줏집에 진태랑 같이 갔을 때 애가 얼굴도 예쁘고 성격도 밝더라고, 그래서 그냥 사람 괜찮네 생각하고 있었지."

"근데? 그래서 너가 뭐 했어?"

"아니"

"근데 뭐?"

"아 그냥 진태라는 게 짜증나, 진태야 당연히 좋은 친구지, 고생 고생 하다 이제 매장 하나 차려가지고 잘 하려고 하는데 당연히 잘 되길 바라고… 근데…"

"괜찮은 여자가 친구랑 잘 되니까 질투 난다?"

"아냐 단순히 그런 게 아냐, 그때 같이 있었을 때, 나는 그냥 그 사람 자체가 궁금하고 그래서 이것저것 물어보고 챙겨주고 싶어서 내가 아는 것도 얘기해주고 그랬는데 진태 걔는 막 시덥잖은 농담만 하고 그랬었단 말야. 진태 스타일이 원래 그렇잖아, 웃기고 우리끼리 말하자면 가벼운거… 나는 진심으로 상대를 대했다고 생각하는데 그렇게 껄렁껄렁 스타일로 대했던 진태랑 저러니까 그게 졸라 짜증나네."

"뭔 말인지는 대충 알겠다. 근데 넌 내가 들으면 그 여자 마음에 있는 것 같은데 뭘 그렇게 자꾸 스스로 부정하냐?"

"아냐 그런 건 아냐."

사실은 주영이 말이 맞을지도 모른다. 내가 이미 혜진 씨에게 좋은 감정을 가지고 있는 게 사실인지도 모른다. 그런데 인정하고 싶지 않았다. 그 인정하고 싶지 않음이 내 스스로도 내가 혜진 씨에게 마음이 있다는 걸 스스로 계속 부정하려고 드는 것인지도 모르겠다. 그러나 최소한 내 머릿속에서 나는 그녀를 좋아하는 게 아니었다.

"야 주영아, 봐봐 역시 세상은 진심 이런 게 통하지 않는 것 같아. 느낌, 재미 이런 게 전부 같아. 뭐 내가 좋아하고 액션을 취하고 그런 건 아니지만, 그래도 나는 두 번이나 만났고 또 진심으로 대했는데… 그냥 웃기고 여리여리하게 생긴 스타일이 훨씬 득세하는 세상이지 뭐."

"그런게 어딨냐. 그러면 우락부락하고 재미없는 사람들은 다 혼자 살게? 그냥 다 인연이 있는 거고, 사람마다 취향에 따라 다른 거지."

"새끼 재밌네! 맞지 니 말이… 그게 합리적이고 균형 있고 긍정적인 사회 정상적인 사람이 가지는 생각이지 인정!!"

"비꼬는 거 다 알아 새꺄, 한잔 하자."

"그래 술이나 빨자."

그렇게 주영이와 나는 금요일 밤을 보낸다. 그런데 오늘은 술 맛이 참 쓰다.

나는 왜 이럴까? 그리고 주영이가 새삼 고마웠다. 이런 이야기들 들으면 듣는 사람도 지치고 부정적인 기운 때문에 힘들 텐데….

상처받지 않는 힘, 자유

[정의중학교 7기 동창회]

"안녕? 얘들아 나 정우야, 김정우 기억해? 다들 잘 지내고 있는지 모르겠네?

다름이 아니라 얼마 전에 지하철 타고 가다가 진영이 만나서 이 런 저런 얘기 하다가 중학교 때 친구들 오랜만에 한번 봤으면 좋겠 어서. 진영이랑 그리고 다른 친구들이랑 중학교 친구들 연락처 공 유해서 이렇게 연락해. 이번 주 토요일에 한번 보자. 다들 어떻게 뭐 하고 지내는지 궁금하네, 장소는 다들 사는 곳이 많이 달라졌을 테니까 우리가 임의로 강남으로 정해봤어. 예약해야 하니까 참석 어부 알려줬으면 좋겠어! 꼭 한번 보자."

기억난다. 중학교 2학년 때 같은 반이었던 정우. 축구를 상당히 잘했던 친구다. 주로 고등학교, 대학교 친구들과 어울리고 중학교 친구들과는 왕래할 기회가 적었던 내게 참 반가운 연락이었다.

[어?? 정우 오랜만이네 잘 지냈어? 가야지!! 난 참석할게."]

정우에게 가겠다는 연락을 했다. 정우 말대로 중학교 친구들이 사회에서 어떤 역할을 하며 어떤 모습으로 사는지 궁금했기 때문이다.

토요일이다. 평소에는 수더분하게 다니는 나였지만 이날만은 옷도 가장 멋있어 보이는 걸로 입고 잘 차지 않는 시계도 찬다. 이날은 머리도 조금 손질했다.

중학교 친구들… 참 편하고 재밌었던 친구들인데 15년 만에 만나려는 친구들은 내게 기대감도 주지만 뭔가 멋진 모습을 보여주고 싶다는… 어쩌면 그 당시보다는 덜 편해졌다라는 기분도 드는 것이 사실이다.

'어색하지 않을까' 이런 생각들도 하며, 준비를 한다.

'차를 타고 갈까? 아니야 술먹을 텐데 지하철, 에이 그냥 가져갔다가 술 마시면 대리 불러 오지 뭐.' 차를 가져가기로 하고 시동을 켜고 출발을 한다.

도착했다.

"어 민준아!!! 이야 진짜 오랜만이다."

"민준이다!! 오랜만이네 너 공부 잘했잖아, 요즘 뭐하냐?"

'어색하면 어쩌지'라는 걱정과 달리 친구들은 나를 반갑게 맞이해
준다.

"그냥 월급쟁이 생활 하지 뭐, 다들 잘 지냈어? 너네 평소에 좀 만
나고 그랬어? 나도 좀 불러주지. 섭섭하네." 나는 반갑게 웃으면 대
답했다.

"아냐, 우리도 오늘 거의 처음 봐. 그래서 더 반갑네. 야 민준이
너 왜 이렇게 덩치가 커졌어?

"정우 착하네. 덩치가 커졌다고 해주고, 커지긴 뭘 커져 살찐 거
지. 사회생활 하니까 난 이렇게 되더라. 너네는 다들 관리 잘한다?"

몇몇 여자애들도 보인다.

중학교 때 내가 짝사랑했던 미연이가 보인다.

"야 정미연 잘 지냈냐? 여전히 예쁘다 너??"

"너 놀려? 지금 서른 넘으니까 이제 막 피부도 그렇고 이상해지는
데, 놀리지 마라."

미연이가 유쾌하게 받아준다.

"아 맞아, 민준이 미연이 좋아했었지, 야 근데 어쩌냐? 우리도 와
서 물어봤는데 미연이 결혼했대."

"아 진짜??? 오늘 안 올려다 미연이 너 온다 그래서 온 건데.. 남편 어떤 놈이야!!"

"왜 이래, 민준이 너 좋은 회사 다닌다며? 이럴 줄 알았으면 결혼하지 말걸."

"그러지 마라, 헛된 희망 품는다. 유부녀가 어장관리 하면 안 되는 거임."

그렇게 오랜만에 만난 친구들과 농담하고 술도 한잔 하면서 옛날 이야기를 하며 즐거운 시간을 보낸다. 어색할지도 모른다는 내 걱정은 전혀 할 필요가 없는 것이었다.

그렇게 한창 분위기 좋을 때, 우리가 잡은 룸의 문이 열린다.

어떤 반가운 얼굴이 왔을까 기대하며 문 쪽으로 시선이 향한다.

문을 열고 들어온 한 남자는 이 자리에 모인 어떤 친구들보다 남루한 차림이었다. 짧은 스포츠머리에 군복 바지, 다림질되어 있지 않은 허름한 남방에 아버지들이 입는 점퍼를 걸친 모습이었다.

"얘들아 오랜만이야? 미안해 좀 늦었지?"

그가 누구인지 나는 정확히 기억한다. 진수다, 김진수….

"어 이게 누구야? 진수지? 김진수!"

마당발 정우가 의외라는 듯 말한다. 그제서야 다른 친구들도,

"아 진수 오랜만이네~ 진수 중간에 전학 갔었잖아. 오늘 올지 생각도 못했는데 잘 왔어 반갑다."

"잘 지냈어?"라며 인사를 한다.

그 와중에 나는 아무 말도 할 수 없었다. 그저 다른 친구들이 진수를 바라보기에 나 역시 어색하게 내 눈빛을 진수에게 맞출 뿐이다. 얼굴을 쳐다볼 수 없었다. 눈빛만 진수 쪽으로 향한 채, 시선은 그의 상체에 머물고 있을 뿐이다.

자리를 찾던 진수는 마침 가장 늦게 와서 바깥쪽에 있던 내 옆으로 온다.

"민준아 오랜만이야. 잘 지냈어?"

"응… 잘 지냈지?" 너도 잘 지내고 있지? 나는 마지못해 답한다.

"응 나는 잘 지내고 있어."

"그래 반갑다…."

무슨 말을 하고 싶었지만 나는 진수에게 아무런 말도 할 수 없었다. 그저 전체의 화제에 맞춰 맞장구를 치고 술만 홀짝홀짝 마실 뿐이다.

새로운 친구가 등장하면, 당연히 진행되는 근황 묻기를 진수도 피할 수는 없다. 나는 내심 친구들이 진수에게는 그의 근황을 묻지 않았으면 하는 바람이 있었다. 진수의 차림을 보며 진수가 어떻게 살아가고 있을지 어림잡아 짐작할 수 있었기 때문이다.

그러나….

"진수는 요즘 뭐하고 살아?" 예나 지금이나 눈치 없는 성훈이가 묻는다.

"응, 나 지금 낮에는 가스배달 일 하고 있어, 저녁에는 야식집 배달하고. 아 참, 애들아 나 지난달에 결혼했어!"

"아 진짜? 아 우리도 좀 부르지 그랬어?" 성훈이가 말한다.

"아니, 아직 식은 안 올렸고 그냥 혼인신고하고 같이 살고 있어."

"아…."

친구들은 별말 없이 고개를 끄덕인다.

"진수야 잠시만." 나는 밖으로 나가기 위해 진수에게 말한다.

그리고 밖으로 나온다. 담배 하나를 입에 문다.

"딩동댕동."

종이 울린다. 수학시간이 끝나고 쉬는 시간이다.

한창 뛰어놀기 좋아하던 정의중학교 2학년 4반 아이들은 공을 가지고 교실 뒤 공간으로 가서 공 차고 놀기에 바쁘다. 그때….

"이 씨발새끼야, 비켜."

"어 미안해. 나 잠깐 사물함에 뭐 꺼낼 거 있어서. 잠깐만."

"야 들었냐? 이 새끼 미쳤네, 와 존나 웃겨. 이 새끼가 잠깐만 이래 하하하하하."

"아 진짜???? 오~ 진수 많이 변했다? 씨발 안 쳐맞으니까 이제 겁 대가리 상실했냐?"

"아니, 그게 아니고…."

말이 끝나기도 전에 아이들은 진수를 둘러싸고 사정없이 때리기 시작한다. 발로 밟는다. 그때 우리 반 말로 드리블이라는 걸 한다.

드리블이란, 반 뒷 공간 시작 지점부터 발로 차서 끝 지점까지 가는 것을 말한다.

"야 정태, 그만해. 담임 오겠다."

그 말을 하는 사람은 반장이다. 나다. 김민준.

"아 좀 가만히 있어봐, 이 새끼 미친 거 안 보여? 걸리면 내가 몇 대 맞으면 되지, 이 씨발새끼 너 딴 애들한테 깨부작도 못하면서 뭐?? 잠깐만? 나 무시하냐?"

"정태야 그런 게 아니야… 애들 놓고 있어서 지금 이거 책 안 빼놓으면 안 될 것 같아서 그랬어 미안해…"

진수는 그렇게 울먹이며 말한다.

"야 오정태, 이건 너무 하잖아. 그만해… 진수 너도 자리로 가."

나는 그렇게 상황을 수습한다.

나는 중학교 때, 덩치가 많이 컸던 것도 아니고, 싸움을 많이 해서 주먹으로 유명하지도 않았다. 다만, 운동하는 걸 좋아했고, 덩치가 많이 크지는 않았지만 나름 건강한 체격이었고 무엇보다 공부는 좀 잘했었다. 덕분에 반장이라는 타이틀도 가지고 있었다. 그러면서도 소위 노는 아이들이라고 하는 친구들의 문화에도 관심이 있어서 끈적끈적한 상스러운 대화도 무리 없이 할 수 있었기에 적을 지지는 않았었다.

그 덕에 반장이라는 명분으로 정태 무리를 제어할 수 있었다.

그리고 나서 종례 후, 자리배정을 다시 할 때, 나는 진수와 앉겠다고 담임선생님께 말씀드렸다.

　그렇게 하고 나서 집에 오는 길에 나는 뿌듯했다. 나는 일방적으로 당하는 아이도 아니고, 나름 옳고 착한 일을 할 수 있는 힘도 있으며 또 그런 일을 내가 했다는 자부심에 기분이 좋았다.

　다음날부터 진수와 짝으로 학교생활을 했다. 짝이 된 진수와 이런저런 얘기를 통해 진수에 대해 많이 알게 되었다. 진수는 어머니가 없다. 가슴 아픈 이야기일까 봐 자세하게 묻지는 못했지만 진수 어머니는 진수가 어렸을 때 돌아가셨던 것 같다.

　진수의 아버지는 장애가 있으시다. 험한 공사장 일을 하며, 돈을 모아 작은 구멍가게를 열었다. 그렇게 열심히 하나 있는 아들 진수와 진수의 할머니를 키우고 보호하기 위해 열심히 사시다가 뺑소니 교통사고를 당해 다리 하나를 절단하셨다고 진수는 덤덤하게 나에게 이야기해 줬다.

　진수의 교복 와이셔츠에는 항상 무엇인가 묻어있었다. 그리고 진수의 넥타이는 항상 풀려 있었다. 그리고 진수의 교복 마이는 어린 아이가 어른의 재킷을 입은 것처럼 진수의 몸에 비해 항상 컸다. 그러면서도 진수는 우리에게 싫은 소리 안 하는, 뭔가 이야기를 하면서도 비듬 진 머리를 긁적긁적 긁던 그런 친구였다.

　나는 그런 진수를 도와주고 싶었다. 함께 하고 싶었다. 그래서 진수 얘기도 잘 들어줬고 같이 축구도 하러 나가자고 했다. 물론 진수는 괜찮다며 안 하고 홀로 자리에 앉아 연습장에 그림을 그렸지만….

그러면서 진수도 어느덧 나와 친해졌다고 느낀 것 같았다.

"민준아, 우리 집에 한번 올래? 내가 아빠 몰래 야한 영화 하나 구해놨어."

"아 진짜??? 콜~ 가야지, 언제 갈까?"

"민준이 너 편할 때!! 오늘 갈래?"

"그래 그러자, 기대되는데??"

그렇게 나는 진수와 오전 조회 후 약속을 했다.

그리고 나서 나는 잠이 들었다. 원래 수업 시간에 잘 안 자려 했지만 마침 기말고사도 끝났고 수업 시간에는 영화만 틀어줬기 때문에 피곤한 몸을 책상에 맡긴 채 잠들었다.

그리고 나서….

누군가 내 어깨를 흔든다. 진수였다.

"민준아, 기술선생님이야 일어나." 하며 나를 깨운다.

나는 뿌리치고 그냥 잔다. 잠에 취했기 때문이리라.

"민준아, 너 안 일어나면 혼나 빨리 일어나."

진수는 나를 재차 흔들어 깨운다.

그 순간.

"아~ 씨발! 냅두라고! 내가 알아서 한다고. 아 씨발, 오냐오냐하니까 내가 만만하냐?"라고 말하며 손바닥으로 뒤통수를 있는 힘껏 갈겼다.

사태가 일어난 후 나는 알았다. 내가 무슨 짓을 했는지.

정신이 없었던 건 아니었다. 잠결이었지만 나는 생각이 있었고 그 순간을 인지하고 있었다. 잠결에 아무 생각 없이 그런 행동을 한 게 아니었다.

그냥 그건 내 생각으로 내가 한 짓이었다.

진수에게 미안했다. 그러나 아무 말도 할 수 없었다.

진수는 나에게 맞은 후 잠시 멍한 표정으로 있더니 다시 원래대로 돌아갔다. 말 없이 연습장에 그림을 그리고 있었다. 그리고 그날 우리는 어떤 대화도 없었고, 수업 끝나고 진수네 집으로 가기로 한 약속은 없는 일이 되어 버렸다.

그렇게 약 일주일의 시간이 흘렀다. 진수와 나는 그 이후 아무런 대화도 하지 않았다.

그리고 나서… 겨울방학이 시작했고 개학 후 학교에 갔을 때 내 옆자리에는 아무도 없었다.

"야 진수, 왜 안 와?" 뒷자리 친구에게 묻는다.

"몰라? 왜 안 오지?"

선생님이 들어온다.

"선생님 진수 안 왔는데요?"

"응 진수가 집안 사정으로 인천으로 전학 갔어, 방학 중에 갑자기 가게 된 거라 인사를 못하게 되었네."

가슴이 덜덜 떨렸다. 어쩌면 15살이라는 나이에 처음으로 느낀 죄책감이라는 감정이었으리라.

그리고 나서 집으로 오는 길에 나는 펑펑 울었다. 죄책감이 8할이었다. 내가 한 아이를 어떻게 했다는 사실이 너무 무서웠다. 제발 진수의 전학이 나 때문이 아니길 바라는 마음뿐이었다. 그리고 또 하나 스멀스멀 올라오는 생각이 있었다.

나도 결국 '정태' 같은 친구와 다를 바 없는 사람이라는 거, 아니 어찌 보면 더 나쁜 사람이라는 생각이 들었다. '정태'는 자신의 감정에 충실하기라도 했었으니까. 내 속마음은 '정태' 무리와 똑같이 진수를 바라봤으면서 겉으로만 착한 척, 정의로운 척 위선적 행동을 했던 것이었으니까. 진수에게 그 짓을 했을 때, 했던 말 "오냐오냐하니까 내가 만만하냐?"

진수는 같은 친구였는데 '오냐오냐'라는 말에서 나는 이미 내가 진수보다 위에 있는 사람이라고 규정지었다. 그리고 '만만하냐'라는 말에서 진수는 나와 동등한 관계일 수 없다는 걸 규정짓고 있었다.

이 중학교 때의 기억은 학창시절과 20대 시절에 나의 십자가였다.

진수를 찾고 싶었다. 찾아서 연락하고 사과하고 싶었다. 그러나 '김진수'라는 이름은 너무나도 흔했다. 어머니가 안 계시고, 아버지가 장애인이며 경제적 형편이 불우한 친구라는 것 외에 어떠한 정보도 없었다. 진수에게 친구라는 것은 없었기에 간접적으로 진수를 찾을 수도 없었다. 그렇게 십자가로 남았던… 서서히 잊혀지려는 30대 초입에 이 자리에서 나는 진수를 만난 것이었다.

담배를 피며 생각했다.

'어떻게 해야 하지….'

결론이 나지 않는다. 그냥 다시 원래의 자리로 돌아간다.

진수는 말 없이 내게 자리를 비켜줬다.

"고마워."

그렇게 나는 다시 동창회의 홍겨운 분위기에 몸과 마음을 맡겼다.

어느덧 밤 10시….

이번 동창회의 호스트 정우가 말한다.

"야 우리 이제 2차 가자. 유부녀들!! 오늘은 달리는 거다. 오랜만에 뭉쳤는데 끝 봐야지??"

"콜~ 2차 고고고고고고!"

친구들은 그렇게 2차를 가려 한다.

그때 진수가 말한다.

"얘들아, 홍 깨는 것 같아서 미안한데, 나 와이프가 기다려 집에 들어가 봐야 할 것 같아. 이런 자리 있으면 또 불러줘 먼저 들어갈게."

"야 진수야, 너도 같이 2차 가자, 친구들 오랜만에 보잖아."

"아니야. 나는 가봐야 할 것 같아, 다음에 봐."

"쩝 그래, 신혼이니까 어쩔 수 없지 다음에 또 보자."

친구들은 그때 진수와 그렇게 작별을 한다.

"얘들아 나도 가봐야 할 것 같아. 나 마침 내일 출장이야. 내일 아침 비행기 타야 해서 가봐야 할 것 같아."

내가 말했다.

"뭐? 민준이 너도 간다고?? 여기 미연이도 2차 가는데??"

"야 씨, 가정 파탄 낼 일 있냐? 히히히, 번호 여기 다 땄으니까 연락할게. 난 아직 정의중학교 근처 살고 있으니까 학교 근처에서 내가 한번 모임 주최할게."

"새끼 아쉽네, 알았어 연락해라"

그렇게 진수와 나는 자연스럽게 식당을 나온다.

진수에게 물었다.

"어디 살아?"

"응 나 그때 전학 간 인천, 거기에 살고 있어."

"차 가져왔어?"

"아니 나 차 없어. 여기서 지하철 타고 가야지."

"진수야, 같이 가자. 나 어차피 인천에 일 있어서 잠깐 들러야 할 것 같아."

"민준이 너 술 많이 마셨잖아?"

"대리 불러야지."

"괜찮은데…."

"아냐 같이 가."

"그래 고마워."

그렇게 나는 대리운전을 불렀고 뒷좌석에 진수와 나란히 탔다.

그리고 나서 말했다.

"진수… 미안해."

"뭐가 미안해??"

"중학교 때, 기술시간에 너가 나 깨워줬을 때."

"그게 언제지? 아… 그때? 에이 어릴 때 이야기인데 뭐, 다 추억
이지."

"…… 전학은 왜 간 거야?"

질문을 하고 마음이 너무나도 떨렸다.

진수는 예나 지금이나 머리를 긁적이며 순수한 목소리로 말한다.

"응 아버지 가게가 잘 안 되어서… 버신 돈으로 연 가게이긴 한
데. 알고 보니까 빚도 조금 얻으셔서 연 거라고 하시더라고. 가게에
서 버는 돈으로 갚아 나가려고 했는데, 가게가 어려워져서 잘 못 갚
게 되니까. 빚쟁이들이 하도 찾아와서… 부둣일 하러 인천으로 이
사간 거야."

"너는 어디서 살았는데?"

"할머니랑 여기저기 돌아다니면서 살다가, 마음 좋으신 가스집
사장님 만나서 거기서 배달일 도와드리는 대신 방 한 칸 얻어서 할
머니랑 살았어."

"그래… 지금까지 거기 사는 거야?"

"응… 할머니 돌아가시고. 아버지도 돌아가셔서 와이프랑 둘이
그 방에 살아."

"그래… 그래도 결혼도 빨리 하고 부럽다 야!"

나는 그 상황에서 진수를 동정하는 말을 할 수 없었다.

억지로 밝은 이야기를 하려고 했다.

"응, 요즘 너무 행복해. 와이프가 우리나라 사람이 아니라서 결혼 좀 고민하긴 했었는데 너무 좋아. 나한테 항상 다정하게 대해 주고, 그리고 작긴 하지만 임대주택 청약한 거 당첨돼서 내년이면 이사도 가."

진수는 정말 행복하다며 머리를 긁으며 수줍게 말한다.

진수가 미소를 띠며 수줍게 말하지만 나는 더 이상 견딜 수가 없었다.

사실은 어두운 차 안에서 억지로 참고 있었지만 나는 고개를 푹 숙이고 울먹이고 있었다.

"야 김진수, 씨발 넌 억울하지도 않냐? 너 괴롭혔던 새끼들… 아니 나도 포함이지. 연봉 5,000 받으면서 차 끌고 다니고, 해외여행 다니고, 또 너 제일 괴롭히던 새끼는 지금 모델 하면서 번 돈으로 근사한 레스토랑 차리고 그렇게 살고 있는데, 씨발! 안 억울하냐?

넌 낮에 그렇게 몸 써가면서 일하고 밤에는 또 야식 배달한다며? 잠도 못 자 가면서 왜 그렇게 살아야 하는데? 아니 너가 우리보다 노력을 안 했어? 아니면 우리보다 덜 힘들었어?

그래 그건 너가 어떻게 할 수 없는 일이니 그렇다 치자. 근데 왜 넌 그렇게 살면서 싫은 소리 한번 안 해? 씨발, 나한테 대고 욕이라도 해야 되는 것 아냐? 너 괴롭히던 애들 만났을 때 쌍욕 한번 해줬어야 되는 거 아냐? 안 억울해?"

대리기사 아저씨가 뒤를 한번 힐끔 쳐다본다.

진수는 잠시 말이 없다. 잠시 고개를 숙인다.

잠깐의 침묵이 지나고 말한다.

"민준아."

"그래 씨발, 뭐라고 말 좀 해봐."

"그건 내 영역이 아니잖아. 그 친구들이 나 괴롭혔던 거, 나 물론 슬펐어. 근데 그건 그 친구들이 그렇게 한 거지, 내가 그렇게 한 게 아니잖아. 나는 그때 그 순간에 내가 내 스스로 최선을 다했으면 그걸로 된 거야. 나를 괴롭히는 건 그 친구들의 영역의 일이야… 내가 어떻게 할 수 없는 일이고 내가 그거에 영향을 받을 필요가 뭐가 있겠어? 그래서 슬퍼도 안 슬프려고 노력했어 그랬더니 괜찮더라."

"하아… 너가 예수냐? 넌 그렇게 고매해? 어떻게 다른 사람이 한 일이라고 그렇게 나 몰라라 하냐? 너… 넌 지금 너 감정 속이는 거야. 계속 그렇게 안고 살면 너만 불행해진다고."

"민준아. 아까 내가 말했지? 나 정말 행복하다고, 내 옆에 있는 와이프 때문에 행복하고. 또 이렇게 오랜만에 친구들 만나서 오랜만에 소속감이라는 것도 느끼고… 그리고 민준이 너 마음 솔직하게 얘기하는 거 들을 수 있어서 좋아."

"미친 새끼."

"……."

"넌 다른 사람들 안 원망스럽냐? 세상이 안 원망스러워? 난 씨발, 너라면 매일 세상 욕하고, 뭐든 때려 부수고 싶을 것 같은데?"

"민준아, 난 행복하고 싶어. 그래 너 말대로 가스배달하고 야식 배달하고… 또 변변치 못한 곳에 살아서 세상 사람들은 날 불행하다고 생각할지도 모르지. 근데 그게 있어. 그건 내 영역의 문제가 아니야. 내가 할 수 있는 일이 아니잖아.

난 내가 할 수 없는 것으로 인해 내 행복이 결정되는 게 아니라고 생각해. 내가 어찌 할 수 없는 일로 영향 받고 싶지 않아, 내 행복은 내 안에서 내 스스로 찾고 싶었어.

그렇게 생각하니까 마음이 참 편해지더라. 다른 나라에서 와서 친구 하나 없는 와이프 외로움도 옆에서 내가 치유해 줄 수 있고, 또 동네에 폐지 주으면서 힘겹게 살았던 우리 돌아가신 할머니 친구분들한테 일주일에 한 번이라도 백반 사주면서 그분들 어려움도 내가 함께 해 줄 수 있고… 또 이렇게 친구들 모인 자리에서 같이 이야기하고 또 듣고 그 소속의 일원에 내가 속해 있어서 난 참 내가 가치가 있는 사람이라고 느껴.

그래서 행복해. 세상에서 나를 향해 불행하다고 해도, 세상이 나한테 해주는 게 없어도… 왜 내 행복이 외부에 의해서 결정되어야 해? 내가 할 수 없는 영역에서 내가 행복을 찾으려고 한다면 그 영역이 내 바람에 미치지 못하면 난 불행해질 거잖아? 그러고 싶지 않아. 난 나 스스로 자유롭고 행복하고 싶다 민준아."

자유, 행복….

진수는 내게 '자유'와 '행복'을 말했다.

그리고 나는 아무런 말도 하지 않았다. 아니 할 수 없었다. 그냥 그렇게 어느새 진수네 집 근처에 도착했다.

함께 내렸다.

"진수야."

"응 민준아, 여기까지 데려다 줘서 고마워. 덕분에 편하게 잘 왔어."

"미안해. 진수야, 그리고 고맙다." 나는 창피하게도 울먹였다. 그리고 나도 모르게 고개를 숙였다. 앞에 있는 진수가 친구가 아닌, 새로운 깨달음을 준 스승으로 보였다.

진수는 황급히 내 어깨를 잡으며 말한다.

"야 너 왜 그래, 이러지마. 너가 그렇게 하면 내가 더 불편해. 너랑 나랑은 대등한 관계잖아. 나는 너를 적으로 생각 안 해, 아니 나 많이 괴롭혔던 애들도 적으로 생각 안 해. 친구야. 나는 친구라 생각하고 그 친구들 신뢰했어. 그럼 된 거야. 거기까지가 내 역할이고 학교 다닐 때 그 친구들이 했던 건 그 친구들의 영역이니까 난 신경 안 써. 그러니까 더 미안해하지 않아도 돼."

"미안해…진짜 너무 미안해. 진수야."

어느새 진수는 나를 안아준다.

"진짜 괜찮아. 나 들어갈게, 와이프 기다리겠다."

"그래… 진수야 연락할게… 미안하다는 얘기 안 할게… 대신 한 마디 할게. 고마워, 정말 고마워."

"응 민준아, 잘 들어가, 또 봐."

그리고 나서 나는 다시 차에 올라타 집으로 향한다.

진수가 고마웠다. 내 잘못을 탓하지 않아서 고마웠던 것이 아니었다.

자유, 행복…….

집에 돌아가며 곱씹는다.

빌어먹는 삶, 그리고 소시민

"민준아!"

"예, 부장님."

쪼르르 부장님에게로 종종걸음으로 간다.

"요즘 일 많아?"

"아뇨… 요즘 그냥 평상시 하는 업무랑 경영혁신 TF 지원 업무 말고는 특별한 건 없습니다."

"그래? 그러면 이번 건 민준이 너가 한번 맡아서 해라."

"네? 어떤 건데요?"

"응… 이번에 지방 공장에서 과로사로 돌아가신 분이 한 분 계셔.

그래서 유족들이 산업재해 인정해 달라고 하는데 우리 입장에서는 그걸 받아들이기 어려운 입장이야."

"아… 저번에 회의록 보면서 그 내용 본 것 같아요. 일하다가 그런 일 당하셨는데 산재처리 안 되는 거예요?"

"응 그게 좀 애매해. 왜냐하면 그 분은 또 밤에 대리운전 한다고 하시더라고. 솔직히 우리 회사 공장 업무 강도 그렇게 높은 편도 아니잖아? 그래서 객관적으로 보면 아무래도 우리 회사 책임은 아닌 것 같은데… 그래서 위에서는 산재 인정할 수 없다고 했나 봐. 그랬더니 유족들이 노동부에 진정 넣고, 그러면서 일이 좀 복잡해지는 것 같아."

뉴스에서만 보던 일이 내가 다니는 회사에서 이루어지고 있다는 사실 때문에 기분이 조금 이상했다. 여러 가지 생각이 든다.

"아… 제가 맡아야 할 업무가 어떤 건가요?"

"최악의 경우에는 소송까지 생각하고 있는 건데 그렇게 되면 위에서 다시 업무 분장해 줄 것 같고, 유족 측, 또 기관에서 계속 물어보는 연락 오고 그러니까, 그쪽 관련해서 응대 좀 해주고 뭔가 경영진 측에서 다음 액션이 나올 때까지 이 사안에 대해서 너가 전적으로 좀 챙겨줬으면 좋겠는데."

"네? 제가요? 부장님 좀 부담스러운데 제가 할 수 있는 일일까요?" 나름 큰 일인 것 같은데 일개 사원급인 제가…."

"아냐 부담 갖지 마. 뭐 외부에 자료 보내고 할 경우 있으면 내 컨펌 받고 나가고 하면 되니까, 민준이 너가 한번 해봐. 모르는 것 있으면 언제든지 물어보고."

"아… 네 그럼 한번 해보겠습니다."

"그래 일단 지금까지 경과랑 자료 같은 것 내가 바로 메일로 토스해 줄 테니까 한번 맡아서 해봐."

"네 알겠습니다."

[150520 이태열 씨 과로사 관련 대응 협조의 건]

"팀장님 안녕하세요. 인사팀 이효선입니다. 바쁜 업무에 고생이 많으십니다.

다름이 아니라, 최근에 울산 공장 제조 3라인에서 근무하는 '이태열' 선임님이 과로사로 돌아가시는 안타까운 일이 있었습니다. 회사 입장에서 도의적으로 장례비용도 지원하고, 일정 수준의 위로금도 유족들에게 전달했는데, 유족 측에서는 산업재해로 인정해 달라는 요청이 있었습니다. 검토 결과 근무 시간도 현행법에 저촉되지 않는다 하고, 특근 수당도 정상적으로 지급된 바, 사태는 안타깝지만 당사에서 책임질 일은 아니라고 보여져, 유족분들에게 그렇게 알렸습니다. 근데, 유족 측에서 납득할 수 없다며 노동부에 진정도 내고 언론에도 알리려 하는 것 같습니다. 대 기관, 대 언론 업무이다 보니까 인사팀보다는 기획팀으로 업무 이관하는 것이 적절할 것 같다고 회장님께서 말씀하셨습니다.

이에, 이태열 님 사고경위, 근태현황 등 인사팀에서 작성한 자료 공유 드리오니 업무에 참고하여 주십시오. 문의사항 있으시면 언제든지 연락 주십시오. 감사합니다."

첨부파일 :

1. 이태열 선임 사고 경위.docx

2. 이태열 님 사고 관련 노동법 이슈 및 고문 변호사 자문.docx

3. 이태열 님 산업재해 인정시 당사 손실 및 사업계획 영향.xlsx

4. 이태열 님 사고 관련 고용노동부 질의서.hwp

5. 이태열 님 사고 관련 취재요청서.docx

부장님이 전달하여 준 메일과 자료들을 읽어 내려간다. 읽고 있던 중, 전화벨이 울린다.

"따르릉~"

"반갑습니다. 기획팀 김민준입니다."

"아 예, 안녕하세요. 인사팀 이효선 대리입니다."

"예 대리님, 안녕하세요."

"전경연 부장님이 이번 건은 민준 씨가 맡으셨다고 하셔서, 전 담당자로서 연락 한번 드렸어요."

"아 예 감사합니다. 대리님. 안 그래도 어떻게 해야 하나 하고 고민하고 있었는데…"

"네 그러실 것 같아요. 아무래도 대외 업무이고 잘못하면 재정적 손실 외에도 회사 이미지에도 문제 있는 내용이라 회장님께서도 관심 많으시고요…."

"그러게요. 휴…."

"네 저도 맡으면서 진짜 부담스럽던 업무였는데 본의 아니게 민준 씨한테 가게 되어서 괜히 미안하네요."

"아니에요, 이 대리님께서 이렇게 전화해 주시니까 그나마 마음이 좀 편해지네요. 많이 좀 도와주세요."

"네, 어려운 거 있으시면 아는 한도 내에서 도와드릴게요. 저도 전화 드린 게, 미안하고 해서 업무는 떠났어도 제 일처럼 생각해서 드린 거니까요. 조금 고생해 주세요."

"예 알겠습니다. 검토해 보고 필요하면 연락 드릴게요. 아마 많이 연락 드려야 할 것 같아요."

"네 언제든 연락주세요. 그럼 고생하세요."

그렇게 통화는 끝났다. 막막하던 차에 의지할 구석이 하나 정도는 생겼다는 생각에 안도감이 드는 것도 사실이었지만 부담스럽다라는 느낌은 지울 수가 없다. 본능적으로도 이 업무는 평소에 하던 업무와는 다르다는 생각이 든다.

'뭐부터 해야 하지?' 하던 차에 부장님이 전달해준 메일의 '사고관련 취재요청서.docx' 파일이 보였다.

취재라면 뉴스? 아니면 시사프로그램? 심각한 와중에 호기심이 들었다.

파일을 열어본다.

수신 : 주식회사 한국자동차 대표이사

참조 : 주식회사 한국자동차 기획조정실

발신 : MBS 시사다큐 추적 오진혁 PD

귀사의 무궁한 발전을 기원합니다.

더운 날씨에 노고가 많으십니다. 다름이 아니라 최근 익명의 제보자로부터 주식회사 한국자동차에서 업무로 인한 과로로 인해 생산직 직원 이태열 씨의 사망 사고에 대한 제보를 받았습니다. 이에, 주식회사 한국자동차의 입장을 들어보고자 합니다. 이에, 7월 25일에 인터뷰를 진행하고자 하는데 바쁘시지만 시간 내어 주시면 감사하겠습니다.

유선으로 기획조정실 전경연 부장님께 연락드렸지만 통화가 되지 않아 메일로 보내는 점 양해하여 주시기 바랍니다.

인터뷰 가능 여부는 7월 23일까지 하기에 기재된 메일 또는 전화로 연락 주시길 바랍니다. 감사합니다.

E-mail : justice@mbs.com

Tel : 02-2312-5321

CP : 010-3318-2245

'아… 이게 취재요청이라는 거구나'

이런 일은 나 혼자 결정할 수 있는 문제가 아니라고 생각했다. 다시 부장님께로 향한다.

"부장님, 시사다큐 추적 오진혁 PD라는 분한테 취재요청 메일 왔는데 이런 건 어떻게 대응해야 할까요? 인터뷰해도 괜찮을까요?"

"아냐, 신경 쓸 거 없어. 안 그래도 나한테도 어떻게 알았는지 핸드폰으로 계속 전화 오는데 수신거부 해놨어."

"네? 그래도 공중파 방송이고 나름 우리 입장도 설명해야 하는 거 아니에요?"

"야, 그런 거 취재 오면 무조건 그쪽 입장으로 유도하려 할 거야. 악의적으로 편집되어서 나갈 거고…"

"우리가 어느 정도 잘못한 게 있어야 왜곡이라도 할 수 있는 거 아니에요? 우리는 법 준수했다! 다만, 이번에 안타까운 일 맞으신 분이 밤에 회사 업무 외에도 따로 개인적으로 일하고 하셔서 그게 부담으로 작용한 걸로 보인다, 이런 식으로 해명하면 문제될 거 없을 것 같은데…"

"민준아."

"네?"

"너 아직 내가 준 파일 다 안 봤지?"

"아… 네. 메일 보고 이효선 대리랑 통화하고, 취재요청서라는 파일이 있어서 뭔가 빨리 대응해줘야 할 것 같아서… 그것만 보고 여쭤보러 왔어요."

"다른 파일부터 보고 와."

"네."

하릴없이 자리로 돌아와 전경연 부장이 보내준 메일을 열고 파일을 하나하나 클릭하여 읽어본다.

사고 발생 전 7일간 근태현황

7월 5일(월) : 7시 출근, 23시 퇴근

7월 6일(화) : 7시 출근, 22시 퇴근

7월 7일(수) : 17시 출근, 익일 06시 퇴근 (야간근무 전환)

7월 8일(목) : 16시 출근, 익일 08시 퇴근

7월 9일(금) : 17시 출근, 익일 05시 퇴근

7월 10일(토) : 09시 출근, 23시 퇴근(잔업으로 인한 주말특근)

7월 11일(일) : 08시 출근, 15시 조퇴(몸살로 인한 조퇴)

이어, 고문변호사의 의견을 살펴본다.

"주야교대는 회사 내규에 의해 이루어졌으며, 평일의 연장근무와 주말특근 또한 당사의 정책대로 이태열 씨 자율에 의해 이루어진 것으로 보여집니다. 특근동의서가 있으므로 법적으로 최소 노동시간 위반에 대해서도 다투어 볼 여지가 있습니다. 또한 이태열 씨가 병원에 입원한 일요일 바로 전날 토요일 이태열 씨는 자의로 대리운전을 한 기록이 남아 있습니다. 이를 토대로 볼 때, 직접적인 사망원인은 토요일 특근에 이은 무리한 개인적 영리추구 활동이라고 주장할 여지가 있습니다."

　전경연 부장이 작성한 '산업재해 인정시 당사 손실과 사업계획 영향'을 열어본다.

　"산업재해로 인한 보상금 등은 크지 않으나, 소송비용, 법적 리스크, 회사의 이미지 유 무형의 가치를 수치화할 때 대략 최소 5억원 그 이상의 비용 증가가 예상됩니다. 소송 이후 산업재해로 인정되는 것이 가장 최악의 경우의 수입니다. 소송 없이 산업재해를 인정하는 방법, 또는 법적으로 다투어 볼 여지가 있으므로 소송을 통해 당사의 책임을 면하는 방법, 일정 수준의 위로금 지급과 도의적 책임을 진 후 무대응하는 방안들이 있습니다.

　본 사건을 산업재해로 인정시 당월 영업이익 목표에 5% 정도의 영향을 미칠 것으로 판단됩니다.

　숨이 턱 막힌다. 그래도 사람이 죽었는데, '무대응' '영업이익 목표의 5%'라는 단어가 상당히 비정하게 느껴진다. 이태열 씨가 병원에 입원하기 전 퇴근 후 대리운전을 한 것은 사실로 보이지만 그래도 그 이전의 살인적인 노동시간은 도저히 납득이 되지 않는다.
　"부장님."

"그래 좀 보고 왔냐? 인터뷰 해야겠냐?"

"예 보고 왔어요. 뭐 우리 입장에서는 인터뷰 하는 게 좀 그럴 수도 있긴 하겠네요. 근데 부장님이 작성하신 대안, 어떤 방향으로 하기로 한 거예요?"

"응, 일단 부회장님은 무대응 쪽으로 가자고 하시네. 도의적 책임은 졌으니 그걸로 종결하고 무대응하면 잠잠해지지 않겠냐고…."

"저는 그러면 무대응으로 일관하면 되는 거예요?"

"그렇지, 혹 계속 전화 오고 귀찮게 하면 원론적인 대답만 하고 담당자 자리에 없다 하고."

"그래서 이 일, 저 시키신 거예요?"

"민준아 오해하지 마라. 원래 이런 일이 더 어려워. 적당히 응대하는 거, 그거 잘못하면 얼마나 시끄러워지는데… 중요한 역할이니까 감당 좀 해줘."

부장님은 내 어깨를 두드린다.

"따르릉."

"아 부회장님 전화네. 일단 무대응으로 하고 이따 다시 얘기하자."

이해할 수 없었다. 이건 올바르지 않다. 화가 난다. 처음에는 부담스럽긴 했지만 업무에 대한 부담이었지, 이 사건에 대한 감정은 철저히 중립적이었다. 그러나 이건 아니다. 사람이 죽었고, 처음에는 몰랐지만 이건 분명 우리 회사의 책임이 커 보인다.

'어떻게 해야 할까?' 고민하고 있던 중 어느새 퇴근 시간이 된다.

오늘이 금요일이라 그런지 다른 직원들은 서둘러 퇴근한다.

"어어, 나 먼저 들어간다. 주말들 잘 보내고~"

유쾌하고 쿨한 전경연 부장이 퇴근한다.

"네 부장님. 주말 잘 보내세요."

과장님과 대리님 신입사원이 기분 좋은 목소리로 인사를 한다.

"아… 부장님 조심히 들어가세요." 다른 직원들의 인사 소리를 듣고 나도 뒤늦게 인사를 한다.

"야 김민준! 주말 잘 보내. 이번 주말엔 데이트도 좀 하고, 너 계속 그러면 옆에 구매팀 오과장처럼 된다."

"네… 부장님."

난 어느 때와는 좀 다르게 약간은 침울한 목소리로 대답한다.

하나둘 퇴근하고 나는 계속 부장님이 전달해준 이태열 씨 관련 메일을 계속 살펴본다. 볼수록 이건 아니라는 생각만 든다.

카톡을 한다.

"야 주영아~ 너 오늘 올라온다고 했었지?"

"응 지금 가고 있다. 1시간 정도 지나면 수원 도착."

"한잔 할래?"

"야 너 오늘은 피곤하다고 쉰다 그랬잖아. 난 뭐 너가 나오라면 무조건 나가는 애냐 ㅋㅋ"

"아 씨 너 어차피 오늘 할 일 없잖아, 술 한잔 하고 싶다. 나도 지금 출발하면 한 시간 후쯤 수원 도착하니까 너 픽업해서 껍데기에 소주나 한잔 하러 가자. 내가 쏜다."

"너가 불렀는데 당연히 너가 쏴야지. 또 뭔 일인데? 하여튼 이 새끼… 알았어. 형이 들어나 줄게."

수원역에서 주영이를 태우고 우리의 아지트 껍데기집으로 간다.
"왜?"
"나 시사다큐 추적한테 취재 협조요청 왔다."
"진짜? 왜? 너 주변에 뭐 무슨 일 있냐? 너 이 새끼 설마 가해자나 뭐 나쁜 놈으로 나오는 거 아니지?"
"맞아 씨벌."
"뭔 소리야?? 왜??"
"회사에서 생산직 아저씨 한 분 죽었어."
"니가 죽였냐?"
"야 이 미쳤냐? 그게 아니고 울산공장에서 일하는 아저씨인데 과로사로 죽었대."

"과로사? 근데 그게 너랑 뭔 상관이야?"

"원래 인사팀에서 담당했는데, 유족들이 산재 인정해달라고 진정 넣고 제보하면서 대외업무 돼버려서 우리 팀이 맡기로 했는데… 부장이 나보고 맡아서 하래."

"야 과로사면 산재 아냐?"

"응 대충 보니까 업무가 많이 과중해서 우리 회사 탓이긴 한 것 같은데, 위에서는 그냥 묻으려고 하는 것 같아."

"야 민준아, 너 그 일 손 떼라."

"왜?"

"너 존나 그런 거에 민감하잖아."

"넌 안 그러냐?"

"뭐…."

다른 친구들도 있었지만 주영이에게 한잔 하자고 한 이유다. 이런 대화에는 주영이가 공감해 줄 수 있을 것 같았다.

잠깐 침묵의 시간이 지나고 주영이게 말한다.

"야 진짜 미친 거 아냐? 어떻게 사람이 죽었는데… 그 와중에 이미지 실추로 인한 장기적 비용증가 예상이 지랄하고 앉아있다. 진짜 다들 제 정신 아닌 것 같아. 그 아저씨 오죽했으면 밤 11시에 퇴근해서 대리운전하고 다음날 아침 9시에 출근하고 그랬겠냐? 모르긴 몰라도 와이프, 자기 자식들 먹여 살리려고 그런 걸 텐데… 그런 사람이 그렇게 죽었는데… 비용증가 예상… 씨발 '사람이 미래다'

'직원은 파트너다' 지랄하지 말라 그래. 그냥 다 비용이야. 돈 내고 정당하게 부리는 노예 새끼들이지 뭐."

"민준이 오랜만에 또 방언 터지네."

"씨발 드립 칠 때냐?"

"그러게… 듣는 나도 기분 참 그렇다… 어휴… 그래서 어떻게 하게?"

주영이의 질문을 듣는 순간 뜨끔 한다.

"어떻게 하긴 뭘 어떻게 해…"

"어떻게 할 건데?"

"몰라."

잠시 또 침묵이 흐른다.

주영이가 침묵을 깬다.

"한잔 하자."

부끄럽다. 그리고 고맙다. 어떻게 할 거냐는 주영이의 질문에 별 대답을 하지 못하는 내가 부끄러웠다. 그리고 나의 부끄러움을 건드리지 않고 그냥 들어주며 이해해줌에 주영이가 고마웠다. 그러나 내게 가장 크게 다가온 감정은 비참함이었다. 좋고 싫음보다 옳고 그름이 중요하다 며 다른 사람들을 비판하고, 정의롭지 못하며 공정하지 않은 세상이라고 손가락질했던 나였는데, 지금의 나는 내가 비판하고 손가락질했던 사람들과 다를 바가 없었다. 나는 생각이라도 다르게 한다고 변명할 생각은 추호도 없었다. 행동은 그들이나 나나 똑같았다.

그렇게 나와 주영이는 거하게 술을 마신다.

"야 주영아. 노래방이나 가자."

"뜬금없이 뭔 노래방이야. 나 선희 있어서 안돼."

"야 이 병신아, 이 새끼 썩었네. 그냥 노래방, 노래나 부르게."

"아 남자끼리 뭔 노래방이야? 고딩때 이후로 남자끼리 노래방 안 간다."

"가자, 노래나 좀 부르게."

"그래… 우리 민준이 마음 안 좋으니까 내가 가준다."

한껏 취기가 오른 나와 주영이는 정말로 오랜만에 노래를 부른다.

그렇게 노래를 부르다가, 예약해 놓은 오늘 정말 부르고 싶었던 노래가 나온다.

솔아 솔아 푸르른 솔아 샛바람에 떨지 마라

창살 아래 내가 묶인 곳 살아서 만나리라

이태열 씨에게 한국자동차 울산공장 생산 제 3라인은 어떤 곳이 었을까? 그곳은 창살 아래가 아니었을까? 이태열 씨는 묶여있었을 까? 이태열 씨를 묶은 것은 뭘까? 아마도 사랑하는 와이프와 누구 와도 바꾸지 못하는 자식들이 아니었을까? 그들을 지키고 보호해 야 한다는 남편으로서, 아비로서의 순수한 치열함이 이태열 씨를 결박한 묶음이 아닐까? 그 묶음이 이태열 씨를 창살 아래를 벗어나지 못하는 사람으로 만든 것이 아닐까? 그러면 나는 뭘까? 솔을 떨게 만드는 샛바람 아니었을까? 매달 손익실적을 분석하며 이익률 감소의 원인은 생산성 저하로 인한 인건비용 상승이라고 아무 감정 없는 손가락질로 보고서를 싸질러 왔던 내가 샛바람이 아니었을까?

감정에 취해 노래를 부른다. 그러나 이 감정 또한 허세 같아서 노래를 부를 수 없다.

"가자 주영아."

문을 열고 밖으로 나간다. 문을 열고 나간 내 뒤로 부르던 노래의 마지막 가사 멜로디가 들린다.

"창살 아래 내가 묶인 곳 살아서 만나리라"

이태열 씨는 창살 아래 묶임의 속박을 끊고 진정한 삶을 얻은 것일까? 죽음으로?

"따르릉~"

월요일 아침부터 전화가 울린다.

"반갑습니다. 기획조정실 김민준입니다."

"안녕하세요, 시사다큐 추적 오진혁 PD"입니다.

"아… 예 안녕하세요."

순간 당황하여, 첫 인사부터 말이 더듬어진다.

"네 안녕하세요. 전 담당자 이효선 대리님이 김민준 님 연결해주셨어요. 통화 괜찮으시죠?"

누가 들을 새라 나는 목소리를 낮추고 자신 없게 말한다.

"네…"

"취재요청 메일에 답장이 없으셔서요. 괜찮으시면 커피라도 한잔하면서 이야기 좀 듣고 싶습니다. 민준 님 괜찮으신지요?"

뭐라고 대답을 해야 할지 모르겠다. 대답하기까지 시간이 꽤나 오래 걸린다. 가장 모범적인 대답은 '내부적으로 검토하고 연락 드리겠습니다'라고 말하고 전화를 받지 않은 것이었지만, 그렇게는 하고 싶지 않았다. 이 결정을 함에 있어 전경연 부장의 허락을 받고 싶지는 않았다. 승낙하더라도, 거절하더라도 내가 하고 싶었다.

"PD님 제가 지금 잠시 회의가 있어서요, 잠시 후 제가 메일에 적어주신 핸드폰으로 연락드리겠습니다."

"예 민준 님. 꼭 연락 주십시오."

마음의 결정을 하기 위해 잠시 시간을 벌었다. 어떻게 해야 할까. 고민 후 결정하였다.

핸드폰을 들고 문자를 보낸다.

"PD님 한국자동차 김민준입니다. 회사 공식 인터뷰는 어려울 것 같습니다. 다만, 담당자로서 아니 개인적으로 여쭙고 싶은 것들이 있습니다. 촬영장비, 녹음기 없이 개인적으로 봐도 괜찮으신지요?"

띠딩…. 핸드폰이 울린다.

"예 알겠습니다. 오늘 저녁에 시간 되시면, 제가 민준 님 회사 근처로 가겠습니다. 7시 괜찮으신지요?"

"아니요, 다른 곳에서 보시지요. 오늘 반차 낼 생각이니 제가 PD 님 계시는 곳으로 가겠습니다."

"그렇게 안해주셔도 되는데… 예 알겠습니다. 그러면 1시간 후에 MBS 1층 카페에서 뵙는 걸로 할까요?"

"예 알겠습니다."

문자로 대화를 마치고 전경연 부장에게 간다.

"부장님, 갑자기 몸살기가 심해서 오후 반차 좀 쓰겠습니다."

"왜? 몸 안 좋아? 너 어제 밤새 술 마셨냐?"

"아니요, 등에서 자꾸 땀나고 구역질 나고 그러네요."

"알았어, 일찍 들어가서 병원 갔다가 푹 쉬어, 어쩐지 아침부터 표정 안 좋더라, 수액 한번 맞아봐. 나도 저번에 맞아봤는데 효과 좋더라. 여튼 푹 쉬고 내일 좋은 컨디션으로 보자."

"예 부장님, 감사합니다. 내일 뵙겠습니다."

MBS 본사가 있는 광화문을 네비게이션 목적지로 찍는다. 반차를 낸, 오후 이른 시간이라서 그런지 도로 사정은 수월하다. 그렇게 남산터널을 지나 서울 도심으로 진입한다. 수월하던 도로 사정은 점점 차량이 많아져 막히기 시작한다.

'도심은 월요일 오후에도 막히나? 아무리 그래도 이 정도는 아닐 텐데….'

혼자 생각하며 차량들이 속도를 내기를 기대한다.

이른 오후의 광화문은 "정부는 각성하라!" "국민이 국가다." "우리 얘기를 들어주세요." 등등 다양한 피켓을 들고 있는 사람들, 천막을 치고 그 안에서 농성하는 사람들이 많이 보인다. 뉴스에서 보는 집회시위와 다르게 일반 시민들은 거리를 거닐고, 또 종종걸음으로 빠르게 어딘지 모를 목적지를 향해 가고 있다.

피켓 든 사람, 농성하는 사람들은 마치 그들만의 리그를 진행하는 것처럼 보이며, 몇몇 기자들이 유력한 정치인의 1인 피켓 시위 앞에서만 카메라를 대기시키며 관심을 주는 모습이다.

교통체증 덕에, 오진혁 PD와의 약속시간보다 10분 정도 늦게 도착했다.

"민준 님, 안녕하세요. MBS 시사다큐 추적 오진혁 PD입니다. 발걸음 해주셔서 감사합니다."

오진혁 PD가 내게 명함을 건넨다.

"아 예 안녕하세요. 한국자동차 기획조정실 김민준 사원입니다. 늦어서 죄송합니다. 생각보다 시내에서 차가 많이 막혀서요. 오래 기다리셨죠?"

"아닙니다, 제가 요즘 시내 차 막히는 거 생각 못하고 약속시각 촉박하게 잡은 것 같아서 오히려 죄송합니다."

"예."

서로 인사를 하고 나니, 무슨 말을 해야 할지 모르겠다. 분명 개인적으로 물어보고 싶은 것이 있다고 했는데, 무슨 말을 어떻게 해야 할지 갈피가 잡히지 않았다.

오진혁 PD가 먼저 그 침묵을 깼다.

"민준 님, 마음 많이 불편하세요?"

"네? 글쎄요… 왜 그렇게 생각하세요? 그냥 회사 일 하는 건데요 뭐."

"하하 그냥 느낌입니다. 뭐 저도 그리 오래 PD 생활 한 건 아니지만, PD 일 하면서 이런 식으로 개인적으로 만나보자고 한 분은 처음이라서요."

"그냥 이것저것 궁금하고 해서요."

"제가 취재해야 할 입장인데 제가 취재받게 생겼네요. 어떤 것이 궁금하시죠?"

잠시 고민을 하고 입을 연다.

"그냥 어디까지나 그냥 여쭤볼게요. PD님이 보시기에는 산업재해가 맞는 것 같아요? 아니 우리 회사가 잘못한 일인가요?"

"대답하지 않을게요. 저는 PD입니다. 공정하게 보도해야 하는 입장에서 저한테 어떤 선입견도 있어서는 안 된다고 생각해요. 저도 사람인지라 개인적인 생각이 있다고 해도 PD라는 제 입장에서 지금 드릴 수 있는 말씀은 없을 것 같네요."

"오 PD님 제가 문자로 말씀드렸다시피 저는 개인자격으로 이 자리에 왔어요. 제 문자를 보고 만나기로 하신 거라면 PD님도 PD가 아닌 개인의 자격으로 나오신 거 아닌가요?"

"허허, 그런가요?"

"그렇지요."

"민준 님은 어떻게 생각하시는데요?"

"제 질문이 먼저니까 먼저 대답해 주십시오."

"민준 님 생각하고 같은 것 같습니다."

"제가 무슨 생각을 하고 계시는지 알고 계세요? 오해하고 계시는 것 같은데, 저는 아직 모르겠어요. 그래서 이 자리에 온 겁니다."

"글쎄요, 그냥 회사에서 지시하시는 대로 일할 수 있는데도, 굳이 약속을 잡으시고, 이 자리에 나오신 것 보면, 또 어떤 게 진실인지 묻는 민준 님 모습은 생각하시는 사람으로 보입니다. 제가 볼 때 이 사건에 대해서 생각을 하는 사람이라면 그 답은 저와 다르지 않을 거라고 생각해요."

"PD님 속단하지 마세요. 안타까운 일임은 분명하나, 법적 책임은 다른 문제입니다. 사실관계를 따져 볼 문제라고요."

"맞습니다. 법적으로는 한국자동차가 빠져나갈 수 있을지도 모르겠지요. 다만 법은 최소한의 도덕이라고 하지요. 한국자동차가 법적으로 문제 없다고 가정하더라도, 도덕적으로 문제 없다라는 명제는 성립하지 않고요. 그리고 민준 님은 제게 '우리 회사가 잘못한 것이냐'라고 물으셨습니다. 저는 그 관점에서 답변 드렸습니다."

"예 무슨 말씀인지 잘 알겠습니다. 하지만 PD님 도덕적으로 문제가 있다고 하여도, 법적으로 문제가 없다면, 그 집단에 속한 사람으로서 법적 책임에 대하여 방어하는 건 또 다른 도덕, 직업윤리 아니겠습니까? 내가 녹을 먹는 집단에서 맡은 바 업무에 최선을 다하는 것⋯."

"잘 알고 있습니다. 어떤 선택을 하셔도 민준 님이 나쁜 사람이라고 말할 순 없다는 거 압니다. 저와 민준 님의 역할이 바뀌었다면, 저 또한 그럴지도 모르겠지요. 다만, 두 가지 이상의 옳고 그름의 판단이 얽혀져 있을 때, 어떤 판단을 할 때 두 가치의 옳음을 모두 충족시켜주지 못할 때는 우선순위를 택해야 하지 않을까요? 어떤 것에 더 우선순위를 두어야 할지 그 판단은 민준 님 몫이라고 생각해요."

"PD님 좋은 말씀 잘 들었습니다. 이만 일어나볼게요."

"네 민준 님. 앞으로도 아마 연락은 자주 드릴 겁니다. 소리 없는 메아리일지는 모르지만."

"네⋯ 들어가보겠습니다."

MBS 본사의 정문으로 향한다. 그러다가 오PD를 부른다.

"PD님."

"네?"

"부럽습니다."

나도 모르게 오PD에게 부럽다라는 말을 해버렸다. 어색함에 대답을 듣지 않고 재빨리 주차장으로 향했다.

　"부장님 드릴 말씀이 있습니다."

　"어? 민준아. 급한 거 아니면 좀 이따가 얘기하면 안 될까? 회장님이 각 부서 잘한 점, 잘못한 점 분석해서 보고하라고 하시네, 자료 좀 만드느라 정신이 없네."

　"아 네 부장님 알겠습니다."

　그렇게 전경연 부장은 꼬박 앉아서 자료를 작성한다. 어느덧 시간은 오후 4시.

　"아… 이제 좀 살겠네. 휴… 아 어떻게 저 자료를 하루 만에 만들어서 보고하라고 하냐. 너무하네 진짜… 아 참 민준아 아까 뭐였어?"

　"아… 네 이태열 씨 건, 제가 안 맡으면 안 될까요?"

　"왜 갑자기… 부담스러워??"

　"네 부장님. 아직 제가 맡기에는 좀 부담스러운 것 같아요."

　"야 아니다 싶으면 따박따박 얘기 잘하는 애가 뭐 이런 거 가지고 그래, 책임은 내가 질 테니까 한번 해봐."

　"아 부장님… 그게 아니고…"

　"지금 김 차장은 출장 중이고, 이 대리는 저기 매출자료 분석 때문에 정신 없잖아. 그렇다고 신삥한테 시킬 수도 없고, 나도 오늘

봤다시피 회장님 지시 수시로 하느라 여유없고… 부회장님이 너 소신 있게 일하는 것 같다고 맡기라고 한 거니까 한번 해봐…."

"예… 부장님 알겠습니다."

고민이 쌓인다. 오PD를 만난 후, 이것은 분명 우리 회사가 잘못한 것이라는 확신이 더더욱 생겼다. 그러한 잘못된 일에 내가 참여한다는 것이 건디기 어려웠다. 그러나 전경연 부장의 말에 반박할수는 없었다. 실제로 다들 다른 업무 때문에 정신 없는 것이 사실이었으니까….

이런저런 고민에 하나둘 퇴근하는데도 자리에서 일어날 수 없었다.

넓은 사무실에 남은 사람은 나와 또 한 번 떨어진 회장님 지시에 자료를 만들기 바쁜 전경연 부장밖에 없었다. 어느덧 일을 마친 부장님은 가방을 챙기고 내게 온다.

"민준이 안 가냐? 편하게 생각해."

"네 부장님 가야지요."

전경연 부장은 시계를 본다.

"아… 시간이 벌써 이렇게 됐어? 야 민준이 너 저녁 안 먹었지? 순댓국에 반주나 하자, 대리비는 부서비 쓰고…."

"네 부장님 가시죠"

전경연 부장은 회사 앞 순댓국집에서 순댓국과 모듬순대 그리고 소주 한 병을 주문한다.

순댓국에 술이 몇 순배 돈다.

"부장님."

"왜? 너 요즘 무슨 일 있냐? 표정도 안 좋고 이번 일이 그렇게 부담스러워?"

"네…."

"다른 놈이 그러면 그러려니 하겠는데 민준이 너 원래 그런 캐릭터 아니잖아. 일할 땐 항상 자신 있게 하는 스타일이잖아. 가끔 그것 때문에 내가 속으로 좀 화날 때도 있었지만 말야… 그런 애가 부담스럽다니… 난 도무지 이해가 안 된다."

어떻게 대답을 해야 할까? 회사 상사이기에 늘 전경연 부장이 좋을 순 없지만, 근접 직원끼리 모이면 가끔 뒷담화도 하곤 했지만 기본적으로 전경연 부장은 좋은 상사이다. 아니 좋은 사람이다. 아래 직원의 업무에 대해서 항상 책임지려고 하고, 다른 팀 팀장처럼 직원들에게 꼬박꼬박 존댓말하고, 업무적인 부문만 터치하는 세련된 팀장은 아닐지 모르지만 사람 냄새 나는 믿을 만한 사람이다. 그런 사람에게 내 진심을 이야기하면 이해해 줄 수 있을까?

"부장님, 제가 그래도 부장님 믿고 따르는 거 아시죠?"

"이 새끼 뭐야… 취했냐?"

"아니요 부장님. 사실은 이번 건 양심적으로 많이 찔려요."

"허허… 너 그래서 그렇게 똥 씹는 표정하고 못하겠다고 그런 거야?"

"네."

전경연 부장은 웃는다. 내 생각을 듣고 이 업무를 옮겨 줄 거라는 생각이 든다.

그러나 전경연 부장의 대답은 내 기대와 다르다.

"야 김민준. 이번 업무 너가 끝까지 해. 소송 시작되면 업무 분장 다시 해서 내가 맡아야겠다고 생각했는데, 끝까지 너가 해. 위에서 나보고 맡으라고 해도 너가 담당한다고 할 거니까 그렇게 알고 있어."

의외였다. 전경연 부장은 이런 사람이 아니었다. 직원이 진심으로 어려움을 얘기하면 최선을 다해서 그 어려움을 해결해 주려고 노력하는 사람이었다.

"네?? 부장님… 저 진짜 못하겠어요. 솔직히 우리가 잘못한 거잖아요. 부장님이 어떻게 보실지는 모르겠는데, 전 개인적으로 이런 거 민감해요. 실제 내 행동은 바르다고 할 수 없지만, 행동 못하는 사람이라 이렇게 비겁하게 도망치려 하지만 하아… 못하겠어요. 직설적으로 말하면 회사에서 사람을 죽인 건데… 죽여놓고 우리 잘못 없어요라고 발뺌하는 일을 해요? 전 못하겠어요."

"너가 해."

"왜요, 왜 내가 해야 하는데요?"

나도 모르게 억울해서 언성이 높아진다.

"너 회사 왜 다니냐?"

"네??"

"돈 벌라고 다니는 거 아냐? 먹고 살라고… 그렇게 해야 사회에서 사람 구실 하니까 다니는 거 아냐? 너 여기 자아실현이라도 하려고 왔냐?"

"네 그건 부장님 말씀이 맞아요. 돈 벌려고 다녀요. 결혼도 하고 싶고, 그래서 가정도 꾸리고 싶고, 또 부모님도 챙겨 드려야 하고… 맞아요."

"회사에서 너한테 돈 왜 주냐? 회사 위해서 너가 뭔가를 하니까 그 대가로 주는 거 아냐? 그런데 너가 너 마음에 안 든다고 안 하면 그건 도대체 뭐야?"

"부장님 말씀은 그러면 하기 싫은 거 안 하려면 회사를 그만둬라? 저 그만두라고요?"

"아니? 하기 싫은 일 그냥 하면 안 그만둬도 되잖아."

"근데 그러고 싶지가 않다니까요…."

"그러면 넌 회사생활 못하겠네… 그만둬야겠네…."

나는 말문이 막힌다. 전경연 부장의 말에 틀린 말은 없었다. 하기 싫으면 내가 회사를 그만 두는 게 옳다. 그런데… "네, 그러면 그만둘게요."라는 말을 할 수가 없다.

내 말문이 막혀 침묵이 흐르는 대화를 전경연 부장이 깬다.

"그만 둬야겠네… 근데 내가 너 그만두게 하고 싶진 않다. 아니 너가 더 좋은 길 찾아서 가는 거라면 내가 한 술 더 떠서 그만두고 너 길 가라고 할 거야. 근데 그거 아니잖아? 그래서 난 너가 아니라고 생각하는 일도 하게 만들 거야. 그게 부하직원 이전에 아끼는 사회 후배에 대한 내 진심이다, 너 철 좀 들게 만들어야겠네."

"허… 그게 철 드는 거예요? 조직에서 나쁜 짓을 해도 거기에 따르는 게 철 드는 거예요? 그러면 조폭들도 처벌할 필요 없겠네요. 조직에 속한 사람으로서 최선을 다한 거니까."

"민준아, 이번 건 너만 옳지 않다고 생각하는 것 같냐? 난 사람도 아니냐? 나는 그 아저씨 안 불쌍하게 생각할 것 같냐?"

"근데 왜 그러세요?"

"내가 임원들한테 윗대가리들한테 이건 아닙니다! 라고 말하면 내가 멋있을 것 같지? 근데 그래서 뭐? 바뀌는 거 있어? 나 미운 털 박혀서 승진 못하면, 아니 잘리면 다른 사람이 와서 그 일 하겠지, 바뀌는 건 없어…. 그 일 할 사람은 수두룩빽빽해. 그리고 나는? 우리 가족들은 어떻게 하고?"

"그런 소시민적인 발상이 지금 세상을 이렇게 만드는 거죠. 그렇게 옳고 그름에 대한 고민도 치열함도 없이, 살아가니까 윗대가리들, 기득권들 노예로 사는 거라고요. 그렇게 빌어먹는 삶이 좋으세요?"

한 잔, 한 잔 술이 들어가고, 치열한 대화가 오가다 보니 내 말도 점점 거칠어진다. 그런데 이건 그냥 넋두리다. 아무 의미 없는 말이다. 그만둬야겠네라는 말에 나는 대답을 할 수 없었으니까. 그런데 그냥 술김에 또 나름 좋게 생각하는 전경연 부장에게 내 생각을 말하고 싶었다. 아니 공감받고 싶은 응석이라고 말하는 것이 더 정확할 것이다.

"그래 민준아. 너 말 무슨 말인지 알겠다. 근데 이 말 한 마디만 하자. 다른 사람들도 너처럼 그렇게 정의에 불타진 못할지라도, 그래도 알고는 있어. 잘못된 일들이라는 거… 모르진 않을 거야. 그럼에도 불구하고 빌어먹는 소시민처럼 살 수밖에 없는 이유… 난 그게 본인이 빌어먹을지라도 지켜야 할 무언가가 있기 때문이 아닐까 싶다. 그 지켜야 할 것을 위해 빌어먹는 삶을 택하는 것도 분명 존중받아야 한다고 생각해. 그리고 난 민준이 너가 그런 삶을 살았으면 좋겠다. 그래서 난 팀장으로서, 선배로서 이번 건으로 너가 철 들었으면 좋겠다. 철 들라는 말이 기분 나쁘게 들릴지는 모르겠지만…."

나는 아무 대답도 하지 않았다.

"민준이 너 당분간 목요일날 오전 임원회의 들어와라. 이번 건 핫이슈라 매주 회의 시간에 보고하니까 그 보고 너가 해. 모레 회의니까 내일 자료 준비하고 나한테 컨펌 받아."

이벤트

"선배! 소개팅 할래?"

전 직장 옆 팀에서 근무하던 지혜다. 나보다 다섯 살 어린 후배지만 싹싹하기도 했고, 깜빡하고 출근 지문 안 찍었을 때, 흔쾌히 출근 도장 찍어줬던 후배다. 기본적으로 심성이 고우면서도 활발해서 후배지만 참 좋은 친구였다.

"소개팅? 아 내가 며칠 전에 해달라고 했었지? 안 잊고 진짜 시켜주네."

"할 거야? 말 거야?"

"해야지!!"

"기다려봐. 마지막으로 한번 더 물어보고 번호 알려줄게."

"오케이, 땡큐! 잘 되면 소고기 한번 쏜다."

메신저로 그렇게 대화를 하고 다시 내게 주어진 업무를 하기에 바쁘다. 어떤 사람인지 물어보고 싶기도 했지만 지금 당장 꼬치꼬치 캐물으면 내가 너무 적극적인 것 같아 잠시 참기로 했다.

"먼저 들어가겠습니다."

회사 동료들에게 인사를 하고 퇴근을 한다. 오늘은 아무 계획 없이 그저 집에서 푹 쉬고 싶었다. 집에 도착했다.

"아들 왔습니다."

"어 왔어? 일찍 왔네? 아 민준아 너 여기 잠깐 앉아봐."

"네?"

뭐 죄지은 게 있나 생각했다.

'또 주차위반 딱지 날아왔나?'

그러나 기우였다.

"민준아 엄마 친구가 너 만나는 사람 있냐고 물어보더라고. 그래서 애는 그런 얘기 안 해서 모른다고 그랬거든?"

"그런데요?"

"그랬더니 만나는 사람 없으면 좋은 여자 있으니까 한번 만나보라는데?"

"아 엄마는 왜 그런 것 신경 쓰고 그래요, 내가 알아서 하면 되는데."

"너 만나는 사람 없지? 한번 만나 봐봐. 너 이제 그럴 때 아냐."

"아 괜한 일 하시네… 그래도 뭐… 알았어요. 번호 알려주면 상황 봐서 한번 연락해볼게요."

끝까지 나는 무심하게 대답한다. 그렇게 전화번호를 받는다.

"홍주하 연락처 01090909292"

어머니의 말로는 선생님이라고 했다.

'오… 선생님??'

그렇게 들어오자마자 어머니의 성화를 몸으로 받아내고, 씻고 나와 소파에 눕는다.

"띠딩~"

카톡이 왔다.

"선배 여기 전화번호, 이은경 010-1010-2020"

"알았어, 연락해볼게. 근데 어떤 분이야?"

"내 대학친구, 지금 회사 다니고 얘 괜찮아."

"오케이, 땡큐!"

그런데 전화번호를 저장하고 보니 당황스럽다.

'한꺼번에 두 건?'

연락을 해볼까 하다가 핸드폰을 덮는다. 전화번호를 받자마자 연락하는 건 왠지 내가 많이 급해 보인다는 생각이 들었기 때문이다.

그리고 다음날 퇴근 후에 소파에 앉아 연락을 한다. 두 명이라 행여, 잘못 보낼까 봐 긴장하면서.

"주하 씨, 안녕하세요. 어머니 친구분 소개로 연락드리는 김민준이라고 합니다. 이제 퇴근하신 시간이겠죠? 잘 쉬고 계세요?"

홍주하 : 예 안녕하세요! 홍주라라고 해요. 저는 학생들이 학교 끝나면 저녁이라 주로 밤에 일해서 이제 수업 하나 마치고 쉬는 중이에요. 저도 어머니 친구분이 소개해 주셨는데 좋은 분이라고 칭찬 많이 들었어요."

"에이 아니에요. 저야말로 주하 씨 진짜 괜찮으신 분이라고 들었는데.^^ 수업 끝나고 쉬는 시간이면 쉬셔야죠. 언제쯤 끝나세요? 편하실 때 제가 다시 연락드릴게요."

홍주하 : 1교시밖에 안 해서 아직 안 힘들어요. 네, 그러면 제가 이따가 연락 드릴게요. 저는 괜찮으니까 피곤하시면 주무셔도 괜찮아요. 내일 얘기해도 되니까요. 오늘도 일 하시느라 힘드셨을 텐데 우선 편히 쉬세요."

상당히 상냥하고 괜찮은 사람이라는 기분이 든다.
그리고 나서 다시 후배 지혜가 소개해 준 사람에게 카톡을 보낸다.

"은경 씨 안녕하세요. 지혜 소개로 연락드리는 김민준이라고 합니다. 이제 퇴근하신 시간이겠죠? 잘 쉬고 계세요?"

보낸 지 1시간 정도 지나니 카톡이 울린다.

이은경 : 네 안녕하세요.

이모티콘도, 느낌표도 물결표시도 하나 없는 단조로운 대답이 온다.
'음 어떻게 대답해야 하지?, 지혜가 안 하겠다는 사람 억지로 한 거 아냐?'
이런 생각들을 하며, 다시 카톡을 보낸다. 단조로운 대답이라 나 역시 다음 카톡을 하기가 편했다. 본론만 물어보면 되니까.

"네~ 지혜가 좋은 분이라고 하셔서 한번 뵙고 싶은데 이번 주 토요일날 시간 괜찮으세요?"

이은경 : 네 괜찮아요.

"음 시각은 언제쯤이 괜찮으세요? 아 그리고 식사는 파스타나 초밥 종류로 하면 괜찮을 것 같은데 뭐가 좋으세요?"

개인적인 질문이나 감정 없이 필요한 용건만 서로 이야기한다.

이은경 : 저녁에는 약속이 있어서요. 낮에 보면 좋을 것 같아요. 그리고 음식은 초밥이 좋을 것 같아요.

"네, 그러면 마침 저도 서울에서 결혼식 있으니까 끝나고 한 시쯤에 봐요."

이은경 : 예 알겠습니다.

"네, 그러면 좋은 밤 되세요."

은경 씨는 상당히 차가웠다. 아니 어떻게 보면 당연한 반응일지 모른다. 아직 한번도 못 본 사람에게 이런저런 미사여구 다는 것보다 정확히 할 말만 하는 것이니 더 깔끔하고 이성적인 것일지는 모른다.

피곤함에 자려고 하던 찰나에 카톡이 또 울린다.

홍주하 : 민준 씨 주무시고 계세요? 이제 끝났네요. 혹시 주무시면 굿나잇 하시고 내일 연락 주세요~!!"

은경 씨와는 상당히 다른 주하 씨의 연락이다.

"아 아니에요. 아직 안 자고 있어요~ 일하시고 어서 들어가서 쉬셔야 하는데 감사해요~ 실은 정말 좋은 분이라고 하셔서 한번 뵙고 싶은데 괜찮을까요?"

홍주하 : 예 저도 꼭 만나고 싶어요. 저는 이번 토요일에 시간 괜찮아요. 민준 씨는요?"

잠깐 망설인다. 토요일은 은경 씨를 먼저 만나기로 했기 때문이다. 그러나 나 역시 토요일 외에는 가능한 날이 없었고, 빨리 만나고 싶은 생각도 들었다. 소개팅을 하루에 두 번 한다는 것도 처음이라 한번 해보고 싶은 호기심도 들었다.

"아 저도 토요일 좋아요~ 그러면 주하 씨 토요일 저녁에 볼까요?"

홍주하 : 네 좋아요! 근데 우리 뭐 먹죠?

"음 뭐가 좋을까요? 아무래도 처음 뵙는 거니까 무난하게 파스타랑 피자 나오는 집으로 할까요?"

홍주하 : 네 좋아요! 그러면 어디서 볼까요? 민준 씨 어디 사세요? 중간쯤에 만나면 좋을 것 같은데."

"아… 저는 경기도 끝자락에 살아요. 어차피 제가 그날 결혼식도 있고 해서 서울로 가니까 주하 씨 사는 서울에서 봐요. 잠실 사신다고 들었는데 어린이대공원역 쯤에서 볼까요? 그쪽 간 지 오래되어서 한번 가보고 싶은데."

홍주하 : 저야 그러면 좋죠! 너무 감사해요. 그럼 장소는 금요일까지 같이 한번 찾아봐요~

"네, 저도 생각해보고 괜찮은 데 있으면 말씀드려 볼게요. 그렇게 한번 정해봐요!"

홍주하 : 네! 밤 늦었는데 괜히 저 때문에 못 쉬신 거 아닌지 모르겠네요. 푹 쉬시고 내일도 화이팅이요!"

"네, 오늘 카톡으로나마 봐서 반가웠어요. 주하 씨도 좋은 밤 되세요!"

"네 민준 씨도 굿나잇!"

주하 씨와의 약속도 잡고 핸드폰을 덮는다.

토요일이다.

나는 직장인이기에 특별한 일이 없으면 토요일은 해가 중천에 뜬 점심시간쯤은 되어야 일어나는 것이 보통이다. 그러나 은경 씨와의 약속이 점심이었기 때문에 평소와는 다르게 아침을 먹을 수 있는 시각에 일어난다.

사실, 이번 주 토요일에 결혼식은 없다. 다만, 중간 위치에서 보기 위해 이것저것 생각하니 차라리 내가 가는 것이 편해서 결혼식 핑계를 만들어 낸 것이다.

직장을 잡고, 나이가 서른이 되어가는 시점이 되면서 소개팅 제의가 많이 들어오는 것은 사실이다. 그러나 나는 소개팅이 딱히 좋지는 않았다. 처음 봤을 때의 어색함을 즐기지 않는 편이었고, 은근히 많은 에너지를 쓰는 것 같아서 피곤했다.

그냥 새로운 사람 만나서 식사하고 대화하는 것이라고 생각하면 많은 에너지를 쓸 것도 없었지만, 나는 그게 잘 안 되는 사람 중 하나였다. 소개해준 사람 욕 먹이는 것도 걱정되었고 무엇보다 솔직히 내겐 나를 잘 포장해야 한다는 마음이 컸던 것도 사실이었다.

그러나 어느덧 월급쟁이지만 고정적으로 경제적 수입도 있었고, 삶에 큰 불편함이 없는 지금 시점에서 새로운 이성을 만나는 것에 대한 기대, 그리고 어떻게 보면 사회적으로 내게 요구하는 의무에 부합도 해야 한다는 생각에 초면의 어색함과 에너지 소모를 감수할 수 있게 되었다.

은경 씨와 만나기로 한 장소에 생각보다 일찍 도착했다.

근처에 있는 백화점 안에 들어가 이것저것 돌아보며 시간을 보낸다.

이은경 : 도착하셨어요?

"네 저는 도착했어요. 천천히 오시고, 도착하면 연락 주세요."

이은경 : 네 저 이제 도착해요. 홈플러스 앞에 있어요.

"네, 홈플러스 앞으로 갈게요."

서둘러 백화점에서 나와 약속장소 앞으로 간다.

소개팅 약속장소에서 처음 만나는 것은 참 이상하다.

주로 번화가에서 많이 하는 만큼 사람들이 참 많은데, 그 많은 사람 중에 오늘 나와 만날 사람을 알아보는 것은 너무 쉽기 때문이다.

어느 한 여자가 눈에 띈다. 그러나 모르는 척 전화를 해 본다.

"예 안녕하세요. 저 도착했어요."

마침 그 여자가 핸드폰을 들고 받는다.

"예 저도 도착…."

"아 저기 계시네요."

그리고 어색하게 "안녕하세요"라고 인사를 건넨다.

"예 안녕하세요."

예뻤다. 그러나 밝아 보이지는 않는다. 순간 오늘은 참 많은 에너지를 소진할 것 같다라는 생각이 머릿속을 스치고 간다.

어설프게 은경 씨를 내가 예약해 놓은 초밥집으로 안내하고 자리에 앉는다.

어디 사는지, 회사에서 무슨 일을 하는지, 주선자에 대한 이야기.

연례행사처럼 진행되는 질문을 하고, 대답을 듣는다. 나 역시 그에 대한 대답을 한다.

좋아하는 것에 대한 이야기를 한다. 나는 여행을 좋아하기 때문에 여행에서 재밌었던 일들, 그리고 내가 생각하는 좋은 장소들을 열심히 추천한다. 은경 씨 역시 내가 말하는 여행 이야기를 잘 받아주고 은경 씨 본인이 기억에 남던 일들을 이야기해 준다.

"저는 여행 가면 여기저기 돌아다니는 거 좋아해요. 여행 가면 동생이랑 자주 가는데 동생은 쉬는 걸 좋아하는데 저는 여기저기 다니는 게 좋아요. 한번은 안동 갔었을 때, 다리 다쳤는데도 쉬지 않고 돌아다녔어요."

"아 진짜요? 저도 축구 하다가 다리 다쳤었는데 병원 가니까 여행은 무리라고… 근데 그냥 깁스 다 풀고 가서 돌아다녔어요. 아무렇지도 않던데요?? 은경 씨도 저랑 비슷하네요."

그렇게 은연중에 비슷하다라는 걸 강조한다.

은경 씨는 또 나처럼 교회에 다닌다. 교회에 대한 이야기도 우리의 화제였다.

처음 봤을 때의 내 머릿속에 각인된 은경 씨는 차갑다라는 생각이 많이 희석된다.

"아 저 마룬5 공연 너무 가고 싶어서 예매하려고 했는데 글쎄 예매 타이밍을 놓쳤어요. 올해는 정말 가고 싶었는데…"

좋아하는 가수의 공연 예매 날짜를 깜빡 잊어 가지 못해서 아쉽다는 모습에서는 이제 조금은 푼수 같다는 느낌도 든다.

은경 씨의 집은 내가 살고 있는 동네에서 가깝다. 다만, 회사가 서울에 있어서 서울에 있는 이모님의 집에서 사촌들과 함께 산다고 했다.

그렇게 짧은 시간이지만 이런저런 대화를 하고 이은경이라는 사람에 대해 들었다.

은경 씨에게는 결혼식에 다녀왔고, 끝나고 친구들과 약속이 있다고 이야기해 놓은 상황이었기 때문에, 아래층 커피집에서 커피를 테이크아웃하여, 내 차로 이동한다. 근처에 있는 은경 씨 집에 바래

다 주기 위함이었다. 가까운 거리였기 때문에 은경 씨도 부담없이 내 차에 동승했다.

초밥집에서 은경 씨의 집은 금방이었다.

운전하는 순간에 많은 생각을 한다.

'어떻게 하지? 그냥 내려주면 될까?'

이런 고민을 하는 이유는 어느새 내 마음속에는 한 번의 만남으로 끝내고 싶지는 않다라는 생각이 들었기 때문이다.

이런저런 생각 도중.

"예, 여기에 세워 주시면 될 것 같아요."

"네 은경 씨. 조심히 들어가세요."

그렇게 내려주고 헤어지려 할 때, 은경 씨를 불렀다.

"은경 씨?"

"네?"

"다음 주말에 한번 더 볼래요?"

"네 그래요."

쉽게 승낙하지만, 그렇다고 밝은 말투는 아니어서 순간 당황했다. 그 찰나에 은경씨가 말한다.

"조심히 들어가세요."

"아 예, 안녕히 가세요."

'뭐지? 다음주에 만나기로 한 거야? 오늘 나름 괜찮았나? 아니면 면전에서 거절하기 어려우니까 우선 대답한 거 아냐?"

좋기도 하면서, 찜찜한 마음이 든다.

어느새 시계는 4시다. 이제 나는 오늘의 두 번째 소개팅 주하 씨를 만나러 어린이대공원으로 이동해야 한다. 신도림에서 어린이대공원까지 주말의 교통상황은 만만치 않기에 서둘러 네비를 찍고 핸들을 어린이대공원 방향으로 돌린다.

서두른 탓인지 다행히 길은 그다지 막히지 않는다. 노래를 틀어놓고 여유 있게 생각을 한다. 잠시 후에 있을 주하 씨와의 만남을 생각하는 것이 일반적일지 모르겠지만 내 머릿속은 방금 만났던 은경 씨 생각이 더 많이 난다.

'예쁘다. 차가워 보이는데 실제는 안 차가운 사람 같다. 저 사람을 더 알고 싶다.'

물론, 잠시 후 만날 주하 씨에 대한 생각도 들지만 내 머릿속에 그리 큰 비중을 차지하지는 않는다.

일찌감치 약속장소에 도착한다. 여유 있게 주차를 하고, 약속장소 근처에 있는 세종대학교 캠퍼스를 잠깐 걷는다.

주말이지만 많은 학생들이 학교 운동장에서 농구를 하고, 야구를 한다. 한 손에 커피를 들고 웃고 떠들며 캠퍼스를 거닐기도 한다.

'나도 대학생이었던 때가 있었지.'

대학생활이 문득 그리워진다. 그렇게 캠퍼스와 약속장소인 캠퍼스 앞 역을 배회한다.

어느덧 약속시각인 6시, 주하 씨에게 연락을 한다.

"주하 씨 김민준입니다. 지금 역 앞에 있어요. 내리셔서 올라오실 때 연락 주세요."

"네 민준 씨. 저 이제 내려서 올라가요."

잠시 후, 한 여자가 지하철역에서 올라온다.

"안녕하세요, 홍주하 씨 맞으시죠?"

"네 맞아요. 오래 기다리셨어요? 도착했다고 연락 주시지…."

"아니에요, 저도 이제 도착했어요, 저녁 드시러 가시죠?"

"네! 민준 씨가 정한 곳 기대되는데요? 빨리 가요."

주하 씨는 상당히 상냥했다. 항상 웃는 표정이었고, 사람을 편하게 만들어주는 사람이라는 생각이 들었다. 그렇게 내가 정하고 예약해놓은 레스토랑으로 간다.

"와! 여기 너무 분위기 좋아요! 여기 어떻게 아셨어요?"

"아, 이 근처에 살고 있는 친구가 있는데 그 친구가 추천해줬어요. 괜찮다고 하시니 다행이네요. 걱정했는데…."

"아니에요, 여기 정말 좋아요."

그렇게 주하 씨와 많은 대화를 한다. 나와 동갑이고, 대기업에 다니다가 내 직장이 있는 동네 명문 학원에서 영어 선생님으로 일한다고 한다.

말이 잘 통했고, 뭔가 계획적인 것으로 무언가를 하는 것에 익숙하긴 하지만 즉흥적으로 무언가를 하는 게 더 매력 있는 것 같다고 생각하는 성격도 많이 비슷해서 더 좋았다.

어느새 시계는 저녁 9시다. 이제 슬슬 돌아가야 할 때라고 생각했다.

"주하 씨, 집에 너무 늦는 거 아니에요? 일단 일어날까요?"

"아 벌써 시간이 이렇게 되었어요. 얘기하느라 시간 가는지도 몰랐네요."

"네, 제 차로 가시죠. 집까지 모셔다 드릴게요."

"네, 감사해요."

주하 씨를 차에 태우고 주하 씨의 집이 있는 잠실로 향한다.

내 핸드폰의 음악을 틀어놓고 가는 길에도 많은 이야기를 한다. 주로 흘러나오는 음악들에 대해 이야기하고, 주하 씨 본인이 좋아하는 노래를 틀어주기도 한다.

"민준 씨 오늘 얘기하느라 너무 늦어서 제가 아무것도 대접 못했네요. 괜찮으면, 다음주에 제가 맛있는 거 한번 살게요."

'애프터? 이건 내가 먼저 해야 할 일인데?' 내심 기분이 좋았다.

"네 그렇게 해요. 저 마침 다음주 금요일 연차 냈으니까, 주하 씨 출근하기 전에 학원 근처에서 점심 같이 해요."

"아 진짜요? 저 너무 편한 거 아니에요? 괜찮으시면 그렇게 해요."

그렇게 분위기 좋은 대화들을 이어가며, 주하 씨 집에 도착한다.

"민준 씨 오늘 너무 즐거웠고 좋은 곳에서 맛있는 거 정말 잘 먹었어요. 다음주 금요일날 봐요."

"네, 조심히 들어가세요."

주하 씨를 들여보내고 집으로 향한다. 많은 생각들이 든다. 오늘 만난 주하 씨는 참 밝고 똑 부러지는 사람이라는 느낌이 든다. 내 선택에 아무런 영향을 끼치지 않을 요소이긴 하지만 나보다 좋은 주하 씨의 학벌, 그리고 주하 씨가 살고 있는 고급아파트도 싫지는 않다.

그런데 참 난감하다. 어찌 되었든 나는 다음주에도 두 명 모두를 만나기로 한 것이니까. 그저 한번 인사하고, 한번 더 보기로 한 것이기 때문에 내가 먼저 김칫국 마시지는 않지만 기분이 묘한 것은 사실이다.

"어 민준아!"

재욱이는 바로 내 전화를 받는다.

"야 소개팅 두 개 다 마치고 이제 집에 간다. 아 피곤해 죽겠네."

기분이 좋으면서, 괜히 아무렇지도 않은 척 재욱이에게 이야기한다.

"이 새끼 여복 터졌네 어떠냐?"

"여복은 무슨… 뭐 돼야 여복이지, 일단 다음주에 만나기로 했어."

"두명 다?"

"응."

"야 너 이번에 꼭 잡아라. 남자들 살다가 전성기가 한번쯤은 온대. 너 그 오래 만난 그 친구 빼면 이번이 마지막 전성기 같다, 놓치지 마라."

"설레발치지 마. 그냥 가는 길에 심심해서 전화한 거야."

"뭐 어쨌든, 둘 중 누가 맘에 드는데?"

"말한다고 너가 아냐? 모르겠어."

"흐흐흐 이 새끼, 어튼 화이팅이다. 소주 한잔 할래?"

"야 나 피곤하다. 집에 가서 좀 쉬어야겠어."

"쩝 그래, 다음주에 주영이 오면 썰 좀 풀어봐."

"응."

전화를 끊는다.

'누가 더 괜찮지?'

이상한 것은 내 머릿속에 생각나는 사람은 시간이 지날수록 한 명이었다.

"부장님, 연차계획 낸 대로 내일 연차 좀 하루 쓰겠습니다."

"아 그래?"

전경연 부장은 책상 위의 달력을 보더니 말한다.

"아 맞아. 민준이 너 내일 연차 쓴다 그랬지? 그래 푹 쉬다 와, 금요일날 낸 거 보니까 또 어디 놀러 가냐?"

"아뇨 이번에는 그냥 좀 쉬려고요."

"그래 어쨌든 잘 쉬고 와, 휴가원 올려, 바로 결재해 줄 테니까."

"네 감사합니다."

휴가원을 올리고 결재 승인 난 것을 확인하고, 내일 연락 올 만한 업무 마저 마무리하고 조금 늦게 집으로 향한다.

'내일 뭐해야 하지?'

내 회사 근처이자 주하 씨의 학원 근처인 이곳에서 만나기로 했을 뿐, 무엇을 할지는 아직 정하지 않았다. 약속날짜 하루를 앞둔 오늘까지 그저 일하는데 고생이 많다, 오늘은 뭘 먹었다. 그냥 사소한 일상 연락만 주고 받은 상황이다.

'아 모르겠다. 일단 만나면 정해지겠지 뭐.'

일 때문에 피곤한 것도 있었고, 주하 씨라면 따로 무엇을 할지 안 정해도 상황에 맞게 서로 잘 대처할 수 있을 것 같다라는 생각이 든 것도 사실이다.

일단 만나서 결정하기로 생각을 정했는데 불현듯 은경 씨 생각이 났다.

왠지 조금은 거리가 있어 보여서 특별한 연락은 하지 않았지만, 분명 은경 씨도 주말에 만나기로 구두 약속을 한 상황이었기 때문에 이 시점에서는 무언가 확인이 필요하다는 생각이 들었다.

"은경 씨, 안녕하세요. 김민준이에요. 이번 주 토요일날 볼 수 있는 거지요?"

"네 괜찮아요."

'역시… 단답이다.'

잠시 생각한 후, 대답을 한다.

"네 그러면 토요일날 봐요. 뭐 먹을지는 내일까지 같이 생각해 봐요."

"네 그래요~"

"주하 씨 학원 앞이에요."

"벌써 도착하셨어요? 저도 마침 오늘은 일찍 와 있었는데~ 지금 내려갈게요."

"쉬는 날 회사 근처 오니까 기분이 색다르네요, 난 오늘 주하 씨 만나고 집에 가는데… 부럽죠?"

"너무해요… 그래도 민준 씨 일주일 동안 고생했으니까 봐줄게요."

스스럼없이 하는 농담들도 자연스럽다. 그렇게 주하 씨와 함께 점심을 먹으러 간다.

"주하 씨 아무래도 학원 근처는 좀 그렇죠? 다시 와서 수업 준비하셔야 되니까 너무 먼 곳도 좀 그렇고 음…"

"그러게요, 하도 문제집이랑 수업에 찌들어 있어서 좀 걷고 싶은데 어디가 좋을까요?"

"여기 옆 동네에 호수공원 있는데 점심 먹고 공원이나 갈까요?"

"아 진짜요? 어디 아는 데 있어요?"

마침 재욱이가 요즘 일하는 곳이 주하 씨와 만난 근처였고, 재욱이 사무실에 근처의 조용한 공원과 맛있었던 샤브샤브집이 생각나서 주하 씨와 그곳으로 이동했다.

그렇게 점심을 먹고, 공원으로 가서 걷는다.

"평일이라서 그런지 사람이 별로 없어요, 주하 씨는 한적한 곳이 좋아요? 아니면 뭔가 시끌벅적한 곳이 좋아요?"

"그때그때 달라요. 근데 오늘은 한적한 곳이 더 가고 싶었어요. 민준 씨는요? 민준 씨는 왠지 한적한 곳 좋아할 것 같은데?"

"맞아요. 어릴 때는 화려하고 뭔가 활기 넘치고 그런 곳이 좋았는데 요즘은 그냥 조용하고 여유로운 곳이 좋네요. 나이 많이 먹었나 봐요."

"민준 씨랑 저랑 동갑이잖아요. 민준 씨가 나이 먹었으면 저도 나이 많이 먹었게요? 하긴 그래요. 저도 요즘 그냥 여유있고 조용한 곳이 좋네요. 민준 씨 말대로 저도 나이 많이 먹었나봐요. 같이 젊게 살아요 우리."

'같이? 우리? 이거 무슨 뜻이지?'

또 쓸데없이 의미 부여하는 내 성격이 드러난다. 그러나 그러면서도 괜히 김칫국 마시는 것 같은 내 생각이 싫어서 서둘러 생각을 떨쳐낸다.

"젊게 살아야지요. 어? 여기 커피 파네요? 커피 한 잔 드실래요?"

"네 좋아요."

호수 앞에 있는 매점에서 아메리카노 두 잔을 시킨다. 커피를 들고 호수 난간에 선다.

주하 씨와 이런저런 이야기를 한다. 요즈음 부쩍 반항이 많은 학생 이야기, 지난주 친구들과 먹었던 킹 크랩 이야기, 그리고 주하씨 가족 이야기, 나중에는 자신의 이름을 건 학원을 차리고 싶다는 이야기….

그렇게 대화하며 호수를 바라보고 걷는다.

"어? 주하 씨, 벌써 두 시네요? 아까 두시 반까지 가야 한다고 하시지 않으셨어요?"

"벌써 시간이 그렇게 되었어요? 아… 어떻게 하지… 민준 씨 저빨리 가봐야 할 것 같아요."

"네 그러게요. 얘기하느라 저도 시간이 이렇게 되었는지 몰랐어요. 빨리 차로 가요."

나 때문에 늦으면 안 된다는 생각이 들어 허둥지둥 시동을 켜고, 출발한다. 걸리는 신호를 보며 어쩔 줄 몰라 하는 내 모습에 주하씨는 웃으며 말한다.

"민준 씨, 천천히 가요. 좀 늦어도 괜찮아요. 그러다가 사고 나요."

"아… 천천히 가는 거였는데…."

"에이 그게 뭐 천천히 가는 거예요. 안전띠도 메시고… 여유 있게 노래 들을까요?"

주하 씨는 참 괜찮은 사람이다. 다른 사람에 대한 배려가 몸에 배어 있는 사람처럼 보인다.

"네, 고마워요~"

"민준 씨 오늘 연차잖아요. 집에 가서 뭐할 거예요?"

"글쎄요. 친구 만나서 운동할까 아니면 오랜만에 어머니 저녁이나 한번 사 드릴까 싶어요. 상황 좀 보고요."

"아 진짜요?? 음 친구는 평소에 많이 만날 수 있으니까 오늘은 어머님이랑 데이트하는 거 어때요? 저도 지난주에 엄마랑 저녁 먹었는데 좋아하시더라고요. 아무래도 우리 나이에는 부모님이랑 같이 있을 시간 많이 없잖아요."

"그렇긴 하죠. 음 생각해 보고요…."

"어머님이랑 데이트해요. 이따 수업 들어가기 전에 제가 확인할 거예요."

"아 진짜요? 강제로 엄마랑 저녁 먹어야겠네요. 알았어요."

어느새 주하 씨의 학원 앞에 도착했고 주하 씨를 내려준다.

"민준 씨 오늘 짧지만 즐거웠어요. 조심히 들어가고 이따 어머님이랑 식사 인증샷 보내요."

"네 주하씨, 조심히 들어가요. 원장님 늦게 오셨으면 좋겠어요…."

"신경 쓰지 말아요. 그러면 저 들어갈게요."

주하 씨를 내려주고 재욱이에게 연락을 한다.

"야 나 오늘 연차다. 너 오늘 뭐하냐?"

"오늘 일찍 집에 가려고, 지금 집 가는 길이다."

"아 그래? 캐치볼이나 하자."

"어디서?"

"글쎄 어디서 하지? 아… 잠깐 이 시간이면 아직 대학교에 애기들 많이 돌아 다닐 시간 아니야? 학교 잔디 가서 하자. 캠퍼스 보고 싶다."

"그래, 알았다."

공을 던지고 받는다.

"야 김민준 오늘 제구 쩐다? 밖으로 나가는 공이 없네…."

"아 그러냐?"

"구위를 포기하고 제구를 택한 거야? 오늘은 받을 때 손도 안 아프고, 공 줍기 안 해도 되어서 좋으네."

나는 피식 웃는다.

"애프터 잘하고 왔냐?"

"응 밥 먹고 너 사무실 근처 호수공원 좀 걷고 왔어."

"마음에 들어?"

"글쎄 모르겠다."

"이 새끼 건방져졌네 뭐가 글쎄야. 괜찮으면 빨리 잡아."

"아 됐고, 여기 우리 동네 근교에 어디 괜찮은 곳 없냐?"

"다음 약속 또 잡았어?"

"아니… 내일 한 명 더 만나잖아…."

"아 맞다… 이 새끼 건방져질 만하네."

"꺼져, 그런 거 아냐. 야 재욱아 어디가 괜찮을지 좀 찾아보자."

그렇게 캐치볼을 하다가 나와 재욱이는 핸드폰을 들고 검색을 해본다.

"민준아 야구장 어떠냐? 내일 한화 경기 있다 야."

"야구장? 한화경기? 누구랑 하는데? SK면 문학 가까우니까 생각해 볼만 하겠네."

"흐흐흐. 한화 내일 삼성이랑 대전 홈경기."

"대전을 언제 가서 언제 올라와, 잘 좀 찾아봐!"

"음… 마땅한 곳이 없네… 이 동네."

"야, 재욱아! 너 송도 가 봤냐? 거기 요즘 괜찮다며?"

"송도? 나 한 번도 안 가봤는데? 아 거기 요즘 삼둥이? 그 뭐시기 텔레비전에 나오는 데 맞지? 그 동네 있어 보이더라."

"그래 거기야 느낌 온다. 근사한 곳 한번 검색해보자."

그렇게 재욱이와 괜찮은 곳을 찾아보던 중, 한 호텔의 전망 좋은 레스토랑이 보인다.

"재욱아 나 정했다. 여기로 해야겠다."

"어? 여기 괜찮다 야 예약해, 여기 왠지 좀 좋아 보이는데 예약 다 안 찼나 몰라."

예약이 꽉 찼을 수도 있겠다는 재욱이의 말에 서둘러 전화를 해 본다. 다행히 아직 내일 예약은 창가 쪽으로도 몇 자리 남아 있다고 한다.

그래서 그러면 예약해 달라고 하던 찰나에 불현듯 어떤 생각이 든다.

"예약했냐?"

"아… 아니…"

"왜?? 내일 하려고? 더 찾아보게?"

"야 재욱아! 너 지금 할 거 있냐? 나랑 답사나 갔다 오자."

"낄낄낄~ 아 무슨 기념일 챙기냐? 뭔 답사야! 그냥 예약해, 다 거기서 거기지."

"아, 그냥 바람 쐴 겸 갔다 오자. 처음 가는 곳이라 그냥 가면 내일 나 얼빵해질지도 모른단 말야."

"하 이 새끼… 그냥 찜질방 가서 때나 밀려 그랬는데… 알았다. 대신 저녁 사라."

"알았어."

송도까지 가는 길은 우리 집에서 멀지 않았다. 게다가 은경 씨도 내일은 서울 집이 아닌 본가에 있다고 했기 때문에 가기에는 최적의 조건이다.

"재욱아, 나 운전하니까 거기 코스 좀 한번 봐봐. 괜찮은 거 있으면 얘기해 주고."

"졸라 극성이네, 알았다."

송도에 도착했고, 봐둔 전망 좋은 레스토랑과 레스토랑 앞 공원을 살펴본다. 불빛이 정말 예뻤고, 공원 안에는 보트도 있었다. 마음에 들었다. 레스토랑에 올라가 구조를 살펴보고 예약을 한다.

"내일 여섯 시… 여섯 시 반쯤 도착할 것 같아요. 창가 쪽 예약 가능하죠?"

"네, 고객님. 창가 쪽 마침 자리 남아있어요. 예약 가능합니다."

"예, 그러면 창가 쪽으로 예약 좀 잡아주세요. 다른 분한테 창가 쪽 주시면 안됩니다."

"네, 잘 알겠습니다."

종업원은 웃으며 내게 대답한다.

예약을 마치고, 레스토랑 앞의 공원을 돌아본다. 주차할 공간도 미리 살펴본다. 공원 안의 지도도 사진으로 찍어둔다. 그리고 재욱이와 다시 차에 올라 집으로 향한다.

그러던 중, 차 수납 칸에 올려두었던 핸드폰이 울린다.

홍주하 : 민준 씨 잘 들어갔어요? 다행히 오늘 원장님이 저보다 늦어서 저 늦은 거 못 봤네요. 히히~ 그래서 기분 좋네요. 어머님이랑 식사하러 가셨어요?"

핸드폰 창에 주하 씨의 메시지가 보인다.

그러나 대답할 수 없다.

"재욱아, 치맥 하러 가자."

꿈이 현실이 될 때

"전 오늘 약속이 좀 있어서 먼저 가보겠습니다."

"아 그래? 온 김에 술 한잔 하고 가면 좋은데… 하긴 민준 씨는 오늘 차도 가져와서 좀 어렵겠네. 조심히 들어가. 주말 잘 보내고."

오늘은 회사 앞 팀 과장님의 결혼식 날이다. 새로운 직장으로 와서 처음으로 맞이하는 직장 동료의 결혼식이었다. 피로연 자리에서 회사 동료들과 식사를 하고 이런저런 이야기를 하던 중, 약속 시간에 맞추기 위해 자리에서 먼저 일어난다.

식장을 빠져나와 입구까지 나왔을까? 습관적으로 시각을 보기 위해 주머니에서 핸드폰을 찾는다. 핸드폰이 없다. 핸드폰이 없다는 걸 안 순간 불현듯 피로연 자리 테이블에 핸드폰을 올려놓은 기억이 난다. 올려놓은 핸드폰을 다시 챙긴 기억이 없다는 걸 알고 재빨리 식장 식당으로 바삐 움직인다.

"민준 씨 핸드폰 놓고 갔지?"

"아… 예 정신이 없네요. 휴! 여기 있네."

"허허… 민준 씨, 오늘 왜 이렇게 정신이 없어? 뭐 어디 가?"

앞 팀 팀장님이 사람 좋은 웃음을 지으며, 무언가 아신다는 듯이 내게 말한다.

"아뇨… 그냥 친구랑 약속 있는데, 깜빡 했네요. 진짜 들어가 보겠습니다."

서울 도심을 서둘러 벗어나기 위해 차가 비어있는 차선으로 이리저리 옮겨 가며 운전한다. 장소는 나의 동네, 그러나 집에 가는 것은 아니다.

드디어 목적지에 도착했다. 다행히, 생각했던 대로 약속시간보다 30분 전에 도착한다. 그러나 오늘 약속의 주인공인 은경 씨에게 도착했다는 연락은 하지 않는다. 약속장소 근처, 역시 그녀의 눈에 띄지 않는 곳에 차를 세운다.

결혼식장으로 출발하기 전, 손 세차를 했지만, 한번 더 차의 먼지를 털어낸다. 그리고 근처 화장실로 가 거울을 보고, 타는 목을 진정시키기 위해 콜라 하나를 마신다. 그리고 결혼식장에서 먹은 음식과 지금 먹은 콜라 냄새가 날까, 편의점에서 가그린을 사 입 안을

헹군다.

그제서야 핸드폰을 잡는다.

"은경 씨, 저 이제 곧 도착해요. 나오시면 연락 주세요."

약속장소에 도착하니, 은경 씨는 이미 나와 있다. 은경 씨가 내 차에 탄다.

그런데 그 순간 갑자기 머리가 멍해진다. 이런 나를 나도 이해할 수 없다.

나는 늘 긴장에 강하다고 생각해왔다. 오히려, 적절한 긴장이 있을 때, 했던 일들의 성과가 더 좋다고 생각했고, 긴장 때문에 무엇인가를 망친 경험은 딱히 생각나지 않기 때문이다.

그러나 지금 순간은 조금 달랐다. 분명히 나는 긴장하고 있었다.

'긴장하지 말아야지, 자연스럽게….'

"지난주 잘 지냈어요?"

"예, 그럭저럭이요. 아 오늘 어디 가요? 민준 씨가 오늘은 정한다고 하셨잖아요."

"음, 오늘 좀 늦게 만나서 멀리 가기는 좀 어렵고, 오늘은 이 근처로 가려고요. 오늘 주말이라 차도 막히고 멀리 나가면, 돌아올 때 너무 늦을 것 같아서 송도가 가깝고 괜찮은 것 같아서 송도 가려고요. 괜찮죠?"

그냥 오늘은 송도 한번 가자고 하면 될 일인데, 괜히 말이 길어진다. 분명 나는 긴장했고, 내가 왜 긴장하는지 이해할 수 없었다.

"아 송도요? 거기 가보고 싶었는데. 좋아요."

다행이다. 어제 재욱이와 한번 왔던 길이라 익숙하게 운전대를 잡고 송도로 향한다.

그런데 문제가 생겼다.

주말이기에 교통체증을 염두에 두고 조금 일찍 약속 시각을 잡았는데 내 예상과 달리 차는 전혀 막히지 않는다. 은경 씨가 눈치채지 못하게 조금은 느린 속도로 달리지만, 예약한 레스토랑 시각보다 30분 이상 일찍 도착하는 것은 어쩔 수 없을 것 같다.

"생각보다 차가 안 막히네요? 저녁 6시 30분에 예약했는데, 6시면 도착할 것 같아요. 조금 빨리 도착할 것 같다고 전화해 봐야겠네요."

애써 아무렇지 않게 말했지만, 머릿속은 이미 혼돈이다.

'만약 예약시간 앞당기지 못한다고 하면 어떻게 하지? 그동안 뭐해야 하지?, 아… 6시 30분쯤에 도착해야 야경 멋있을 텐데, 평소에는 주말이면 미친 듯 놀러 다니더니 오늘은 다들 뭐하고 있는 거야…"

다행히 상냥한 레스토랑 종업원은 조금 일찍 도착해서, 예약시각을 좀 앞당길 수 있느냐는 나의 말에 흔쾌히 괜찮다고 말한다.

'다행이다.'

예약한 레스토랑에 차를 세운다. 호텔이라서 그런지 지하 주차장이 넓다. 미로 같다. 차를 세운 후, 예약된 레스토랑, 호텔 건물 36층으로 올라간다.

나만의 생각인지는 모르겠지만, 만족스럽다. 높은 레스토랑에서 바라보는 전망도 왠지 모르게 있어 보였고, 처음 봤을 때 느낀 은경 씨의 차가운 모습은 대화하는 동안 전혀 찾아볼 수 없었기 때문이다. 그러면서도, 이른 시각에 도착하여 아직은 너무 밝기만 한 바깥이 야속해서 어서 석양이 나타나기를 바라며 식사를 한다.

어느새, 조금씩 바깥이 어두워지기 시작하고, 송도 센트럴 파크, 주상복합건물 상점들의 불빛들이 눈에 들어오기 시작한다.

"은경 씨, 바깥 봐봐요. 해 지니까 괜찮은데요, 저기가 센트럴 파크예요."

미리 예습을 해 온대로 창 바깥의 건물들을 설명한다.

생각보다 사람이 많이 없어서 은경 씨와 이 방향, 저 방향 등을 보며 이야기를 한다.

잘 들어주는 은경 씨 덕분에 이런저런 말을 많이 하다 보니, 어느새 내가 계획했던 레스토랑 앞 공원으로 갈 시각이다.

"이제 일어날까요? 많이 먹었으니까 공원 가서 산책해요."

"네, 먹었으니까 이제 좀 걸어야 할 것 같아요."

엘리베이터를 타고, 지하 주차장으로 내려간다.

지하 2층을 누른다. 내리고서 차를 찾는다. 그런데 차가 보이지 않는다.

한 3분을 지하주차장을 돌아다녔을까? 그런데도 차는 보이지 않는다. 리모컨 키를 눌러도 내 시야에 깜빡이는 차는 발견할 수 없다.

식은땀이 나는 것 같다.

'아… 바보같이 왜 주차한 곳을 체크해 놓지 않았지?'

지하주차장을 이리저리 살펴보는 날 따라오고 있는 은경 씨가 보인다. 어찌 할 바를 모르겠다.

"은…경 씨 미안한데… 여기 잠깐 있을래요? 차 가지고 여기로 올게요."

"아니에요, 괜찮아요. 같이 찾아봐요."

"제가 지금 어디 있는지 도무지 감이 안 잡혀서 여기저기 찾아봐야 할 것 같아요. 여기 있으세요…."

"네, 그럼 일단 여기 있을게요."

빨리 찾아야 한다는 생각에, 지하 2층을 샅샅이 뒤진다. 그러나 차는 보이지 않는다.

지하 1층 주차장으로 올라간다. 이 구역, 저 구역을 향하는 다리, 쉴새 없이 리모컨 키를 누르는 손가락, 드넓은 주차장의 많은 차들을 빠르게 훑어 보는 눈동자의 활동에 등으로 식은땀이 흐르는 것 같다.

그렇게 주차장을 누비다가 순간 내 손가락의 움직임에 맞춰, 한 차의 헤드라이트가 반짝거린다.

'찾았다.'

그러나 안도감도 잠시, 지하 2층에서 혼자 기다리고 있을 은경 씨 생각에 서둘러 시동을 걸기 바쁘다.

지하 2층으로 내려간 순간 갑자기 또 머리가 하얘진다. 이 넓은 주차 구역 중, 어디에 은경 씨를 기다리라고 했는지 기억나지 않는다.

'아… 왜 이러지 나?'

하지만 정말 다행히도 지하 2층을 돌다가 기억이 돌아왔고, 기다리고 있는 은경 씨를 발견한다.

"아 은경 씨… 정신 없었죠? 미안해요… 주차장이 너무 넓어요…."

나의 당황한 모습이 안 되어 보였는지 은경 씨는 유쾌하게 웃으며 받아준다.

"이거 지혜한테 말해야겠어요. 재밌겠다. 그래도 빨리 찾아서 다행이에요."

"다음에는 주차할 때 확실히 체크해야겠어요. 사진이라도 찍어놓든가 해야지."

"괜찮아요, 너무 신경 쓰지 말아요. 그럴 수도 있죠 뭐."

센트럴 파크로 향한다.

주말의 센트럴 파크는 상당히 근사했다. 공원 안에 인공으로 만들어진 물이 흐르고, 벤치 등 편의시설도 잘 마련되어 있다. 무엇보다 주변 높은 빌딩에서 뿜어내는 불빛들이 이 공간을 더 운치 있게 만들어 준다.

이 공원을 거닐며 많은 이야기를 한다.

"저 오늘 회사 과장님 결혼식 다녀왔는데, 사람 진짜 많더라고요."

"아 진짜요? 지난주에도 결혼식 다녀오셨잖아요. 주변에 결혼하는 사람 진짜 많을 때이시겠어요?"

"네, 친구들은 아직 안한 친구들이 조금 더 많긴 한 것 같은데.. 그래도 경조사가 진짜 많네요 요즘. 오늘 갔는데 신랑 신부 엄청 좋아 보이더라고요. 사내 커플인데, 여자분 얘기 들어보니까 과장님 보자마자 뭐 후광이 비쳤다고… 그러는 것 보면 첫눈에 반하는 게 진짜 많긴 한가 봐요."

"맞아요. 진짜 좋은 사람 만나면, 딱 봤을 때 아 이 사람하고 결혼하겠구나라는 생각 든다고 그러더라고요. 제 친구가 그랬어요. 진짜 그럴까요?"

"글쎄요. 진짜 그럴지도 모르겠네요. 은경 씨도 그럴 것 같아요?"

"음… 저도 그럴 수 있을 것 같아요."

마음속으로는 날 처음 만났을 때 그런 생각이 들었는지 물어보고 싶다. 그러나 농담으로라도 의뭉스럽게 그런 말을 던질 자신은 없다.

한 시간 남짓 센트럴 파크를 걷는다. 해는 어느새 저물었고, 시각도 아홉 시. 이제 집으로 갈 시간이 된 것 같다는 생각이 든다. 다시 차로 이동해서 은경 씨 동네로 향한다.

식사하면서 나눴던 대화, 센트럴 파크를 거닐면서 나눴던 대화의 분위기가 나쁘지 않다는 생각이 들어 나름 자신있게 묻는다.

"은경 씨 다음주 토요일에도 볼까요?"

"음… 다음주요? 네 그래요, 저 다음주에도 회사 집 말고 원래 집으로 와 있을 것 같아요."

"네, 다음주에도 은경 씨 집 근처에서 봐요. 장소는 음… 제가 한 번 생각해보고 보고 드릴게요."

"히히, 보고… 네 알겠어요."

그렇게 은경 씨를 집에 내려주고 집으로 향한다. 오늘은 내가 좋아하는 '그것이 알고 싶다'를 하는 날이다. 나름 좋았던 만남, 그리고 좋아하는 텔레비전 프로그램이 기다리고 있어서 기분이 좋다. 그리고 무언가 큰 행사, 큰 시험을 치러낸 안도감에 피곤함이 몰려온다.

약속장소인 은경 씨 집 근처로 출발하기 위해 나의 집을 나선다.

약속시간에 넉넉히 도착할 수 있게 출발했기에, 여유 있게 시동을 걸고 출발한다. 다만, 오늘은 조금 멀리 나가기로 했다. 미리 교통상황을 체크해 보는 여유도 내게는 있다. 시간적 여유가 주어져서인지 머릿속에 여러 가지 생각들이 떠오른다.

'나는 왜 이 여자가 좋을까?'

두 번을 만났다. 정신 없이 만났던 첫 만남, 그리고 나로서도 이해되지 않은 긴장감에 사로잡혔던 두 번째 만남. 단 두 번의 만남임에도 불구하고 이 친구가 왜 계속 생각나고 마음을 얻고 싶은지 머리로 잘 설명이 되지 않는다.

분명히 흔치 않은 느낌이다. 그 느낌에 설레고 신선하면서도 단

두 번에 내 마음이 이렇게 된 것에 대해서 조금은 창피하기도 하다. 그러나 확실한 것은 난 지금 이 친구가 좋다. 언젠가는 이 친구가 왜 좋은지 머리로, 말로 설명할 수 있는 날이 왔으면 좋겠다. 나도 그걸 알고 싶은 마음이다.

"오늘은 저녁 뭐 먹어요?"

"처음에 일식, 지난번에 양식 먹었으니까 오늘은 한식으로 갈라고요."

오늘은 무언가 정갈하고 조용한 곳에 가고 싶었다. 주말이라 어딜 가든 사람이 많겠지만 사람이 많으면서도 소소하고 조용한 분위기를 원했고 내가 원하는 곳을 찾아냈다.

'소소한 풍경' 식당 이름부터가 마음에 들었다.

불행인지 다행인지 은경 씨를 태우고 출발할 때부터 찌푸렸던 하늘에서 비가 조금씩 내리기 시작한다. 은경 씨와 세 번째 만나면서 만났던 첫 번째 비다.

"은경 씨, 기름 좀 넣고 가야 될 것 같아요. 여기 근처에 주유소 있어요?"

"어… 아마 여기서 유턴해야 될 텐데…."

"뭐 좀 돌아가도 늦진 않을 거예요. 기름 넣고 갈게요."

차를 돌려 주유를 하고 다시 목적지로 향한다.

한 30분을 달린다. 첫 만남 때보다, 두 번째 만남보다 자연스럽다. 나도 신나서 이런저런 이야기를 한다. 음악도 함께 듣는다.

서울 시내에 진입하여 좁은 골목골목을 지나고 있다.

"저기… 죄송한데 잠깐만 쉬었다가 가면 안될까요?"

은경 씨가 말한다.

"네?? 뭐 커피라도 한 잔 사서 갈래요?"

"아…뇨, 그게 아니고 화장실이 좀 급해서요….."

웃음이 나오는 걸 억지로 참는다. 내가 생각하는 은경 씨 성격에 가는 도중 내게 말하는 것은 정말 많이 힘들다는 얘기일 것이다. 그런데도 불구하고 여유 있게 만났다며, 굳이 안 넣어도 되는 기름까지 넣으며 온 내가 한심하다.

"아… 은경 씨 진작 말씀하지 그랬어요. 알겠어요. 아 저기 편의점 보이네요. 저 앞에 잠깐 세울게요. 아마 편의점 가면 화장실 열쇠 줄 거예요. 저는 커피나 한 잔 사올게요."

"네, 다녀올게요."

은경 씨는 아무렇지도 않게 말했지만 내게는 부끄러워하는 모습이 느껴졌다.

나는 커피를 사기 위해 옆 편의점으로 간다. 목도 마르고, 비 오는 날 커피 마시며 가는 것도 제법 운치 있어 보일 것 같았기 때문에.

커피를 사 들고 차로 향하던 중 비 오는 하늘이 보인다. 오늘 역시 긴장이 머릿속에 있었지만 내가 그냥 가면 은경 씨가 비를 맞는다는 사실은 알 수 있다.

잠시 기다린다. 잠시 후에 은경 씨가 나온다.

"비 와요."

우산을 씌워줬다. 은경 씨는 말 없이 우산 안으로 들어왔다.

그때…

우산을 잡은 내 팔목을 은경 씨가 살짝 잡는다.

그냥 나 혼자 우산 잡는 게 미안해서 했던 액션일지 모르지만 나는 설렌다.

그러나 티 내지 않으려 노력하고 차로 향한다. 차까지 거리가 조금 더 멀었으면 좋겠다.

비가 온 게 좋게 작용한 날이 아닐까 싶다. 소소한 한식으로 저녁을 하고 북악스카이웨이 부근의 카페로 자리를 옮긴다. 북악산 근처 서울의 야경을 볼 수 있는 테라스에서 커피를 마실 수 있는 곳이다.

"여기는 프랑스예요, 친구랑 갔는데 정말 좋았어요."

여행을 좋아하는 내게 유럽 여행 사진을 보여준다. 사실은 내가 먼저 보고 싶다고 했다. 마주 보는 테이블이 아닌, 옆으로 같이 앉는 테라스에서 바깥을 보며 여행사진을 보는 이 시간이 좋다.

"이 다음 사진도 봐봐요. 옆으로 넘겨봐요. 보니까 은경 씨 사진 같은데."

"아, 그건 안돼요."

"아 어때요. 은경 씨 나온 거 봐봐요."

"음… 여기요…."

사진 몇 개를 그냥 넘기더니, 선별해서 몇 가지만 보여준다.

그러나 그래도 싫지 않았다.

이 카페의 영업종료 시각은 10시… 어느새 마감 시간이 되어 우리는 다시 집으로 돌아가기 위해 차로 향한다.

집으로 가는 고속도로 내가 말을 꺼낸다.

"은경 씨, 우리 세 번째 만났잖아요."

"네."

"이번까지는 그냥 아무 말 없이 다음주에 또 봐요. 이랬었는데 이제는 그러면 안 될 것 같아요. 전 처음 봤을 때부터 은경 씨 괜찮았어요. 다음주에 봐도 이 말은 하고 만나야 할 것 같아요. 은경 씨는 저 어때요?"

"음… 전 잘 모르겠는데요?"

기대와 다른 대답을 듣고 실망감에 무슨 말을 해야 할지 모르겠다.

당황함에 잠시 할 말을 잊었다. 분명히 주선자 지혜는 괜찮게 생각하는 것 같다고 그랬는데….

잠시의 침묵이 흐르며, 무슨 말을 해야 할지 생각하던 중.

"히히, 다음주에 만나도 괜찮아요."

그제서야 내 표정이 풀어진다.

"네, 그럼 다음주에 봐요. 음… 다음주는 어디 가죠?"

"음 송도 어때요? 저 송도 정말 좋아요."

"송도요? 하긴 거기가 가깝고 좋겠다. 그러면 다음주는 송도. 먹을 건 제가 찾아볼게요."

한 주가 기분이 좋다. 나는 즐겁지 않다는 피해의식에, 또는 난 많이 안다는 생각에 조금이라도 잘못되었다고 생각하는 일이 발생하면 반드시 표현하고 비판을 가하고, 딴지를 걸어왔었다. 그런데 내가 조금은 변했다. 고속도로에서 깜빡이도 안 켜고 칼치기로 내 앞으로 들어오는 차를 봐도 '많이 급한가 보네', '운전이 재밌나 보다'라는 생각이 먼저 나면서 불쾌하지가 않았다. 놀라운 생활의 변화다.

단체 카톡 방.

재욱 : 야 나 오늘 일찍 끝난다. 민준이는 뭐 여기 있을 거고 주영이 너 올라온 댔지?"

주영 : ㅇㅇ 나 오늘 올라간다. 내일은 엄마 밥이라도 한 끼 사드려야 될 것 같으니까 보려면 오늘 보자.

재욱 : 민준이 너 오늘 몇 시 퇴근하나?

오늘은 금요일, 재욱이와 주영이가 오랜만에 다 같이 보자고 한다. 그러나 난 오늘은 좀 쉬고 싶다. 정확히 말하면 무언가 정리하고 마음의 준비를 하고 싶은 날이다.

"오늘?? 아… 오늘은 그냥 집에 있으려고 했는데…"

재욱 : 아… 왜… 너 어디 아프냐?"

"아니 그게 아니고. 나 내일 소개팅에서 만난 친구랑 약속 있는데…"

재욱 : 너 계속 만나고 있냐???? 야 잘됐네. 나와서 썰 좀 풀어라."

주영 : ㅋㅋㅋㅋㅋㅋㅋ 진짜? 내일 아침부터 만나는 거야?"

"아니 오후에… 만나기로 하긴 했지."

재욱 : 뭐야 그러면 나오면 되겠네. 우리가 특별히 너네 동네로 갈게."

주영 : 야… 나와라. 오후에 만나는 거면 별 부담 없네. 우리가 옛날처럼 뭐 많이 마시고 늦게까지 노는 것도 아닌데…

"그래 알았다… 이따 8시쯤 보자."

친구들이 왔다.

"야, 저녁 뭐 먹을래?"

주영이가 묻는다.

"글쎄 뭐 먹지? 너네 동네 왔으니까 민준이 너가 정해라."

"아… 뭐 먹지??"

뭘 먹어야 할지 별 생각이 없다.

"얘, 왜 이래?? 평소에는 신나서 추천도 잘하더니만… 아 맞다… 너 그 소개팅녀 몇 번째 보는 거냐?"

"야. 맞다. 썰 좀 풀어봐라… 마음에 들어?"

재욱이가 묻고, 주영이가 맞장구를 친다.

"야 좋으니까 계속 만나지, 저번에 이 새끼 답사도 가더라."

"뭐 답사??? 아 웃기네. 그래서 그때 분위기 좋았냐? 민준이 얘 이러는 거 처음 보네. 너 옛날에 그… 누구야 그 전 친구 만날 때는 안 이랬던 것 같은데?? 누군지 얼굴 한번 보고싶네."

"응… 괜찮은 것 같아…. 일단 내일 네 번째 보는 거고, 분위기 보고 얘기하려고."

"네 번째 만난다고? 그 친구는 싫은 반응 별로 없고??? 내가 그때 답사 같이 가 준 보람이 있네. 야 네 번째 만날 정도면 무조건 잘 되겠네. 야 오늘 너가 무조건 사라."

"너네 그러다가 나 내일 까이면 어쩌려고 그러냐… 잘 되면 내가 한번 거하게 쏠게."

"야 무조건 된다니까. 그때 답사 갔을 때 그 동네 분위기 좋던데 뭘… 내일 너 까이면 나랑 주영이랑 달려와서 다음날 아침까지 황제처럼 모실게. 오늘 쏴라."

"쩝… 알았다… 대신 내일 망하면 너네 우울의 끝을 볼 테니까 각오해라. 참치나 먹을래?"

내 말에 주영이가 격하게 좋아한다.

"오… 참치???? 콜!!!! 참치 가자."

"캬 메뉴 선정 쩌네, 참치 가자."

재욱이도 좋아한다.

그렇게 참치 집에서 오랜만에 뭉쳐 즐겁게 논다. 내일은 결전의 날이기에 술은 도수 약한 청하다.

송도는 여전히 좋다. 주상복합 건물과 공원, 그리고 가로등이 형형색색으로 빛을 비춘다. 센트럴 파크를 걷는다. 주말이라 그런지 사람들도 많다. 그러나 너무 붐벼서 걷는 것에까지 영향을 줄 정도는 아니다. 오히려 적당한 붐빔이 은경 씨와 함께 걷고 있는 내게는 하나의 좋은 배경, 그리고 도구로 여겨진다.

은경 씨에게 하고 싶은 말이 있다. 입에서 맴돈다. 그러나 아무렇게나 하고 싶은 말은 아니다. 적당한 장소가 필요하다는 생각이 든다. 그 순간만은 조용했으면 좋겠고, 다른 방해물이 없으면 좋겠다. 갑자기 이곳의 적당한 붐빔이 싫어지는 변덕이 내 머리 가운데 따리를 튼다.

그렇게 시간은 흐르고 어느새 센트럴파크를 한 바퀴 돌았다. 갑자기 입이 탄다. 내가 전하고 싶은 말을 할 공간은 이곳이었는데, 이미 한 바퀴를 돌아버렸다. 시각도 어느새 많이 늦었다. 한 바퀴를 돈 순간 자연스럽게 집으로 가야 할 분위기가 만들어진다.

센트럴 파크 산책의 시발점이자 종착점인 보트 선착장에 도착한다. 잠시 앉아서 이야기할 만한 공간을 찾아보지만, 이곳은 분주하다. 시끄럽다. 다른 곳은 적당한 붐빔이었지만 이곳은 심한 붐빔이다. 어물쩍 집으로 돌아가기 위해 내 차로 향한다.

다시 운전대를 잡지만 생각하며 하는 운전이 아닌, 몸에 익혀진 감각으로 하는 운전이다. 그래서일까 평소에는 아무 문제 없이 자연스럽게 하는 급커브 우회전에 차가 한쪽으로 쏠린다. 나는 물론, 내 옆에 앉아있는 은경 씨도 느낄 수 있을 만큼.

다음을 기약할까라는 생각도 든다. 그러나 그 생각도 잠시 내 급한 성격에 그렇게 할 수는 없다. 어쨌든 나는 오늘 이곳에서 내가 하고 싶은 말을 해야 한다.

서투른 우회전으로 몸이 휘청 하고, 이 민망함을 해소라도 하려는 듯이 아무렇지도 않게 말한다.

"은경 씨, 나 할 말 있어요."

"뭔데요."

아무렇지도 않게 말하려 했는데, 본론을 말해야 할 이 시점에는 내가 보기에도 내 긴장이 느껴진다.

"은경 씨, 오늘까지 네 번 봤는데 솔직히 저 은경 씨 마음에 들어요. 우리 진지하게 만나 볼래요? 기분 좋은 일 있으면 같이 기분 좋고 싶고, 혹시라도 슬픈 일 있으면 같이 슬퍼하고 싶어요."

수많은 미사여구가 달린 멘트들도 생각해 봤지만, 그건 답이 아니라고 생각했다. 그저 담백하게 내 마음의 결론을 표현하고 싶었다. 담백해야 한다 생각했지만, 내 긴장 때문인지는 모르지만 내 멘트가 마음에 들지 않는다. 그리고 대답을 기다린다.

침묵이 흐른다. 누구와의 대화를 해도 침묵이 없을 수 없는 법, 따라서 자연스러운 침묵일지 모르지만 이 침묵의 시간은 내게는 상당히 길게 느껴진다.

"음… 음…."

은경 씨는 잠시 생각하는 듯한 액션을 취한다.

재판정에서 판사의 처분을 기다리는 피고가 된 것처럼 나는 기다린다.

"히히, 긴장되죠?"

은경 씨가 웃으며 말한다.

나는 태연한 척 답한다.

"네."

그 말이 끝나기 무섭게.

"네 그렇게 해요, 저도 좋아요."

기쁘다. 실로 오랜만에 느껴 보는 기쁨이다. 그냥 기쁘다라는 말 외에는 형언할 수 없는 기분이다. 이 기쁨을 확인받고 싶어서, 더 기쁜 마음을 느끼고 싶어서 한번 더 묻는다.

"그러면 오늘부터 우리 사귀는 거 맞죠?"

"네."

"오늘 내가 이야기할 거라고 생각하고 나왔어요?"

"네. 지난주에 다음에 보면 무슨 말 할 것처럼 얘기했잖아요. 그래서 생각했죠."

"아, 원래 센트럴 파크 분위기 좋은 곳에서 말하고 싶었는데, 미안해요. 고작 말한다는 곳이 차 안…"

"에이 뭐 어때요, 그런 거 신경쓰지 마요."

"근데, 은경 씨 우리 계속 존댓말 해요?"

"편하게 불러요. 저 편하게 부르는 게 더 좋아요."

"은경 씨도 그러면 편하게 부를 거예요?"

"뭐라고 불러요? 오빠 소리 듣고 싶어요?"

"네."

"알았어요, 다음주에 만나면 그렇게 부를게요."

"저도 그러면 다음주에 볼 때 안 어색하게 편하게 부를게요."

이런저런 이야기들을 하며 기쁘고 행복하게 집으로 돌아온다.

오늘은 2015년 6월 28일 토요일이다.

처음부터 꼰대는 없다

내 삶의 패턴이 많이 바뀌었다. 평일에는 회사와 집, 그리고 재욱이, 주영이와의 만남, 가끔은 다른 친구들과의 만남 또는 휴식… 주말에는 동생들과의 축구, 그러다가 삶에 지겨워지면 항공사 홈페이지와 소셜 커머스를 뒤지고, 적당한 티켓을 끊어서 훌쩍 떠나는 게 나의 삶이었다.

그러나 지금의 내 삶에 은경 씨 아니 은경이와 주말에 할 것들을 생각하고, 연락하는 것이 새로 추가되었다. 이전의 삶도 그리 나쁜 것만은 아니었지만, 지금의 삶은 더 새롭고 설레는 시간들이다. 대한민국 평범한 회사원으로서 나의 삶이 조금은 안정되어 가는 느낌이다. 무엇보다 이전에는 혼자 할 것들을 생각했다면 이젠 함께 하는 무언가를 찾고 기대하게 되었다.

그렇게 행복한 여름을 보내고 있던 중, 결코 가볍게 여길 수 없는 연락이 온다.

"예, 김민준입니다."

"형, 잘 지내고 있어요? 저 종학이에요."

"어 종학아, 전화번호 바뀌었어? 이름이 안 뜨네?"

"예… 그렇게 되었어요. 형 요즘 바쁘세요?"

"뭐 나야 그냥 똑같지 뭐, 종학이 한번 봐야 하는데… 준비하고 있는 건 잘 하고 있는 거지?"

"글쎄요. 형 시간 좀 내줄 수 있어요?"

"그래, 한번 봐야지. 고생하는데 형이 맛있는 거 한번 살게."

"아니에요. 그냥 커피 한 잔이면 되죠 뭐… 그래도 형님이 사주신다면야…저야 좋죠."

"그래 시간 언제 괜찮아? 다음주쯤 평일에 나 퇴근하고 나서 한번 볼까? 노량진에 있지?"

"아니요… 형 저 지금 노량진에 없어요… 좀 먼 곳에 있어요… 주말에만 집에 가는데, 이번 주말에 형 시간 괜찮으세요?"

"아 그래?? 아 근데 주말에?? 글쎄 주말에는 내가 요즘 좀 일이 있는데… 너무 머니까 평일날 만나기도 그렇고… 이번 주말은 어렵고, 내가 한번 시간 잡아보고 연락 줄게."

"아 형 뭐 어쩔 수 없죠. 괜찮아요, 저는 언제든지 괜찮으니까 꼭 연락 주세요."

'꼭'이라는 말에 느낌이 이상하다. 그렇게 대학교 후배 종학이와의 통화를 끝낸다.

'내가 너무했나?'

내게 주말은 은경이와 함께 해야 하는 중요한 일정이 있었기에 섣불리 주말에 약속을 잡을 수가 없다. 그러나 확실하게 다음을 기약하지도 않고 후배의 제안을 결과적으로 거절했음이 마음에 걸린다. '꼭' 연락 달라는 마지막 말도 마음에 걸린다.

사실, 종학이는 내가 참 좋아하는 동생이다. 요즘 사람들과 다르게 예의가 바른 친구다. 단순히 윗사람에 대한 예의가 바르다기보다는, 사람들에 대한 태도가 정말 선량한 친구이다. 그런 선한 마음 씀과 함께 주변 사람들과 적당히 즐길 줄 아는 유쾌한 친구이다. 무엇보다 어떤 상황에서도 지나간 일을 탓하기보다는 앞으로의 대안을 생각하고자 하는 진취적인 면은 후배지만 늘 배우고 싶다라는 생각을 해오고 있었다.

다시 종학이에게 전화를 건다.

"예 형, 안녕하세요."

"응, 아까 운전 중이라 정신이 없어서 통화를 너무 대충 끊었네, 무슨 일 있어?"

"아… 아니에요 형, 신경쓰지 마요. 그냥 생각나서 연락드린 거예요."

"공부하고 있을 애가, 멀리 가 있는 것도 그렇고, 아까 보니까 목소리도 힘 없어 보이던데… 진짜 무슨 일 있는 거 아니지?"

"네… 형 걱정해줘서 고마워요, 별일 없어요."

"그래… 생각해보니까 나 이번 달에 연차 아직 안 써서, 한번 쓸까 하는데 너 어디에 있는데?"

"저 사실은 계속 돌아다니고 있어요. 이번 주는 속초에 있을 것 같아요."

"머리라도 식히러 떠난 거야?"

"네 뭐… 그런 거죠…."

"잠은 어디서 자고?"

"그냥 돌아다니다 여관이나 찜질방 그런 곳에서 자고, 돌아다니고 뭐 그래요…."

"그래… 속초면 음… 나 이번 주 금요일날 연차 내고, 목요일날 밤에 갈게. 오랜만에 한잔 하자. 나도 바람 좀 쐴 겸."

"아… 형 괜찮아요. 아까 전화 때문에 그래요? 에이 진짜 아무 일 없어요. 그냥 형 한번 보고 싶어서 연락한 거예요."

"너 때문에 가는 거 아냐, 나도 바람 좀 쐬게, 속초 아니었으면 안 간다."

"헤헤, 형 알았어요. 그러면 목요일 날 오시면 연락 줘요, 주문진 근처에서 회나 한 접시 해요."

"그래 알았다. 풀 썰이나 준비해 놔라."

"알겠어요, 형."

아무리 생각해도 이상했다. 원래 종학이는 성적도 매우 우수한 친구였다. 그래서 나는 종학이만큼은 취업에 있어서도 큰 걱정을 하지 않았다. 좋은 성적에, 유쾌한 성격, 사람을 기분 좋게 하는 매력까지. 취업 시장에서 결코 빠질 게 없는 친구라는 생각을 했다

그렇다고, 노력이 부족하지도 않았다. 학교에서 홍보하는 공모전에는 시간이 허락하는 한 항상 참가해서, 좋은 성과를 보인 적도 있었고, 방학에는 영어학원도 꾸준히 다니며 도서관에서 어학성적에 대비한 공부도 게을리하지 않던 친구였다. 그러던 종학이가 1년 남짓 취업준비를 하다 공무원 시험을 준비한다면서 노량진으로 들어간다라는 연락이 왔을 때도 조금 갸우뚱했지만 종학이기에 나름의 계획과 꿈이 있으리라 여겨왔다.

내가 아는 종학이라면, 예전의 그 반짝이는 눈빛과 열정으로 공부하고 있어야 한다고 생각했는데, 여기저기 돌아다닌다는 사실이 쉽게 이해되지 않았다. 잠시 머리 식히기 위한 여행일 수도 있었지만 느낌이 조금 다르다.

목요일, 업무를 마치고 차 머리를 강원도 속초로 향한다. 집에서 미리 준비해 놓은 편한 옷으로 갈아 입고, 음악을 틀고 기분 좋게 영동 고속도로를 달린다. 평일의 영동고속도로는 뻥뻥 뚫려있다. 만족스러운 지금의 삶과 자동차의 시원한 달림에 나도 모르게 콧노래가 나온다. 그렇게 달리고 두 시간이 좀 지났을까. 목적지 속초

에 진입한다.

"여보세요."

"야 종학아, 형 도착했다. 속초 어디로 갈까?"

"예 형, 주문진항 찍고 오시면 될 것 같아요. 그 앞에 '미래횟집' 이라고 있어요. 저 거기 있어요. 주문진항 도착하시면 연락 주세요."

"오케이."

주문진항에 도착하여 종학이를 만났고, 종학이가 자리를 잡아 놓은 '미래횟집'으로 자리를 옮긴다.

"공부는 잘 되냐? 이렇게 여행 다니는 거 보니까 자신 있나 보네. 딴 사람도 아니고 너가 이렇게 여행 다닐 정도면 진짜 자신 있는 것 같은데?"

"……."

종학이는 말이 없다.

"왜?? 말이 없어? 공부가 잘 안돼? 하긴… 넌 항상 잘해왔으니까 한 번쯤은 그럴 때도 있지. 여행 온 지 얼마나 된 거야?"

"한 세 달 정도 됐어요 형."

"세 달?"

의외다. 나는 공무원 시험을 준비해보지 않아서 세 달이라는 시간이 시험준비에 있어서 어떤 의미를 갖는 시간인지 정확히는 몰랐지만, 잘 모르는 내가 듣기에도 무언가 이상했다.

"너 무슨 일 있지?"

"아니에요, 일단 1차로 개념서 한번 쭉 훑어봤고, 머리 식힐 겸 왔는데 너무 좋아서… 헤헤, 돌아가서 바짝 하면 괜찮을 거예요."

"이 새끼, 이제 와서 여행 바람 들었네. 나도 대학교 3학년 때쯤인가? 그때부터 여행에 늦바람 들어서 회사 다니면서도 잠깐씩 다녀오는데… 야 근데 진짜 웃긴 게 뭔지 알아?"

"뭔데요?"

"학생 때는 시간은 있는데 돈이 없었어. 그래서 직장생활 하면서 이제 많이 다닐 수 있겠구나 했는데, 이제는 돈은 좀 있는 것 같은데 시간이 없네. 가봐야 옆 나라들이지 뭐."

"엥? 진짜요? 휴가 내고 가면 되지 않아요. 연차 일 년에 한 15일 정도 되지 않아요?

"취준생 티 낼래?? 연차가 어디 연차냐. 야 솔직히 연차면 내 권리인데 내 마음대로 쓸 수 있어야지, 이것저것 윗사람들 눈치 보고 업무 상황 챙기다 보면 끽해야 하루 정도 쓰게 되더라. 그게 회사생활이야."

"에… 회사생활도 뭐 없네요. 근데 그렇게 일이 많아요? 연차도 자유롭게 못 쓸 만큼?"

"뭐… 나야 아직 경력도 많이 안 되고 해서, 일이 그렇게 바쁘진 않아, 근데 윗분들은 보면 진짜 일 많아서 그런 것 같기도 하더라. 매일 야근하는데도."

"아니 노는 것도 아니고 야근하면서 일하는데도 업무가 많으면,

그건 회사가 사람을 뽑아줘야 되는 거 아니에요? 열심히 일하는데도 연차도 못 쓸 정도면… 그건 좀….”

“히히, 너가 사회생활 해 보면 안다. 연차가 무슨 권리야, 하루 쓰는 것도 은혜 베풀어 주셔서 감사합니다 하고 써야 하는 거야. 그게 연차다. 사회생활 하기 싫어지지?”

“…….”

종학이는 또 말이 없다. 이윽고.

“형, 우리 여기 나가서 바다나 볼래요? 캔맥주나 하나 사서 가요.”

“바다를 보자고? 너랑? 싫어… 오글거려.”

“흐흐, 형 저도 싫어요. 여기까지 왔으니 그냥 한 말이에요. 뭐 그럼 식사 다 했으니 이제 들어가 보셔야겠네요.”

종학이는 웃으며 내게 농담을 건넨다.

“아 그러고 보니 그거라도 안 하면 할 게 없겠네, 그래 가자.”

근처 편의점에서 캔맥주를 사 들고, 나와 종학이 남자 둘은 바다가 보이는 둑에 앉는다. 어느새 밤이 되어 칠흑 같은 어둠이 짙은 바다는 나름의 운치가 있다.

종학이는 쉬지 않고 맥주를 들이켠다. 안주로 사온 과자들은 나 혼자 먹기에 바쁘다.

한 캔, 두 캔, 어느새 세 캔 빠른 속도로 종학이는 들이켜댄다. 평소 같지 않은 종학이의 모습이 의아했지만, 그대로 둔다. 무슨 일이 있는 게 분명했다.

"민준이 형."

"응."

"저 어떻게 해야 돼요?"

"뭘 어떻게 해? 너 공무원 시험 준비 하는 거잖아. 공부 열심히 해야지."

"누가 형 아니랄까봐 꼰대처럼 얘기하시네."

"왜 책이 잘 안 잡혀?"

"형 저, 공무원 못 할 것 같아요."

"그게 무슨 소리야? 너 뭐 잘못했어?"

전과가 있을 경우 공무원이 되기 어렵다는 걸 알고 있어서, 종학에게 묻는다. 물으면서도 설마 하는 생각이 든다. 종학이는 그런 일과 거리가 먼 친구였기 때문에.

"잘못도 했지요. 근데 그게 이유는 아니에요."

종학이는 한숨을 쉬며 그간의 이야기들을 털어놓는다.

"형, 저 원래는 일반 회사 준비했었어요. 학점도 뭐 어느 정도 받아놓은 것 같고, 예전에 저 좋아해줬던 심 교수님 덕분에 교환학생도 다녀왔었죠. 그리고 하다 보니까 공모전에서도 몇 개 입상했고… 그래서 회사 들어가는 거 자신 있었어요. 표현은 안 했지만 나는 정말 좋은 회사 들어가서 다른 사람들한테 부러움도 사고 싶고… 뭐 그랬어요."

"근데 몇 번 도전해 봤는데 잘 안 되었다?"

"네… 몇 번이 아니고, 계속 쓰는데 계속 떨어지는 거예요. 뭐가 문제지 했는데 글쎄 인터넷에 보니까 토익 점수, 스피킹 점수가 진짜… 제가 생각하는 것보다 다들 너무 높은 거예요…."

"야, 인터넷에는 원래 자신 있는 사람들만 글 올리는 거야. 그런 곳에서 보면 다들 사회 초년생에 연봉 6천에 대기업이야, 근데 주위 둘러봐 어디 그러냐?"

"형 말이 맞을 수도 있죠… 근데 계속 떨어지는데 어떻게 하겠어요. 결국 어학점수 받으려고 미친 듯이 공부했죠. 덕분에… 어학점수도 이제 어디 가도 명함은 내밀 수준으로 만들어놨어요. 형 그거 알아요? 처음에 제가 어학점수가 낮다라는 생각 들었을 때, 얼마나 식은땀 났었는지… 뭔가 뒤떨어져 있다라는 생각이 너무 압박으로 다가왔어요."

"그래… 그랬겠지…. 그나마 종학이 너니까 좌절 안 하고 하니까 그래도 어느 정도 점수 맞춘 거지…. 근데 그래도 잘 안 되었어?"

"그렇게 어학점수 만들어 놓으니까 이제 서류는 종종 붙더라고요. 처음 서류 붙었을 때 얼마나 기분 좋았었는데요. 근데 이번에는 또 면접이에요. 처음에는 내가 가서 무슨 말 했는지도 몰랐어요. 그렇게 떨어졌을 때는 내가 경험이 부족하니까 그렇다고 생각했고 조금만 더 준비하면 될 것 같았어요. 그래서 면접후기도 읽어 보고, 스터디도 하고 없는 살림이지만 좋은 정장도 하나 새로 샀어요."

"음…."

"그런데도 계속 떨어지는 거예요. 어쩌다 1차 면접 붙고, 2차 면접 보고 합격했는지 떨어졌는지 일주일 후에 알려준다고 했는데도… 혹시 몰라서 매일매일 생각날 때마다 메일 검색해 보고.. 그러다가 또 떨어지고… 또 좌절하고… 처음에는 그래 다시 열심히 하자 이 생각으로 다시 회복해서 열심히 준비하고 했는데, 그 다시 회복하는 기간이 계속 떨어질수록, 회사로부터 거절당할수록 길어지더라고요…."

"그렇지, 그럴 만하지…. 취업 준비하는 대부분이 아마 그런 경험은 다 있었을 거야."

"형도 그랬어요?"

"야, 나도 엄청 힘들었어. 매일매일 피가 마르는 기분이었다니까?"

사실은 난 운이 좋아 취업은 수월하게 한 편이었다. 그러나 그 상황에서 솔직히 말하기는 어려웠다. 종학이 앞에서 나도 정말 힘들었다며 괜한 엄살을 피운다.

"어쨌든… 휴… 그래도 계속 준비했어요… 그날도…."

"그날?"

"네… 정말 슬프고 내 스스로가 비참했던 날이었어요. 객관적으로 보면 별 거 아닌 일이었지만…."

"무슨 일이었는데?"

"아침에 일어나서 아침 겸 점심 먹고 컴퓨터 앞에 앉았어요. 씻지도 않고 막 잠에서 깨어난 폐인처럼… 어머니는 취업도 못한 아들, 밥 굶지 말고, 기죽지 말고 열심히 하라고 식탁에 식사랑 편지까지 써놓으시고 일하러 나가셨고… 그렇게 자기소개서 쓰고 있었어요. 처음에 가고 싶었던 회사들보다는 조금은 떨어진다는 회사였지만 그래도 이 정도 회사면 주위에 면피는 된다고 생각했던 수준의 회사였었죠. 붙고 싶다라는 생각에 열심히 쓰고 있었죠, 그런데 형 대학교 때 우영이 알죠?"

"응 그 진짜 잘 놀던 친구??"

"네… 우영이가 메신저에 있더라고요. 오랜만이라면서 인사하더라고요. 그래서 대학교 때 일들 가지고 웃고 그러다가 언제 한번 보자 하면서 이런 식으로 얘기하고 있었죠. 그러다가… 갑자기 회의 들어가야 될 것 같다면서… 저한테 회사 어느 동네냐고 물어보더라고요. 식사 한번 하자면서… 그냥 어쩔 수 없이… 아직 취업 준비하고 있다고 대답했죠…."

"짜증났겠다…."

"그렇게 대답하니까… 우영이가 한다는 말이,

"아 진짜?? 몰랐네. 미안… 잘 될거야 힘내!" 이러더니 나가더라고요. 뭐 우영이 잘못도 아니고, 따지고 보면 뭐 그렇게 상처 주는 말 아닐지도 몰라요…. 근데 그 순간 누군가에게 동정의 대상, 힘내야할 대상이 되었다는 사실이 너무 견디기 어려웠어요. 취업은 내 학창시절, 대학생활 이런 것들에 대한 어떻게 보면 지금까지 내 삶에 대한 결과물이라고 생각했는데.. 나름 열심히 잘해왔다고 자부한 내가… 내 삶을 동정받는다는 사실이 너무 비참해서 그게 큰 상처가 되었어요. 그래서 이런 식으로 늦게 고만고만한 회사 가기보다는 다른 직종인 공무원을 하자라는 생각을 했던 거예요. 최소한 공부하고 있다라고 하면 좀 달라 보일 거라는 생각도 했고요."

"그래서 공무원 준비를 하기로 했다? 그래 일단 더 얘기해봐."

종학의 말이 마음에 들지 않는다. 그러나 더 들어보고 싶다.

"네 그래서 공무원 시험 준비를 했어요. 그래도 마음은 크게 다르지 않았어요. 언젠가 난 공무원이 될 거다. 열심히 하는 건 잘할 수 있으니까 잘 될 거라는 생각을 했죠. 그럼에도 여기 노량진에 박혀 살면서 공부해도 가끔 여기 놀러 오는 일반 사람들 보면 또 자괴감에 빠지기 시작했어요. 그렇게 정신도 나약해지고… 또 이번에는 돈이 많고 싶다라는 생각을 했어요. 결국에 직장 가기 위한 목적도, 공무원이 되고 싶다라는 목적도 통과의례처럼 당연히 돈벌이가 있어야 한다는 의무감도 있지만 안정되게 살고 싶어서… 더 나아가 여유 있게 살고 싶어서였으니까요. 그렇게 돈에 대한 욕심이 생기니까 생전 안 사던 로또도 사고… 책값, 식비 조금 아껴서 주식도 해보고, 결국에는….

"뭐 했는데?"

"사설 스포츠 도박에 손 대기 시작했어요… 한심하죠? 책값, 식비 아껴서 하던 게… 이게 중독되니까 부모님이 마련해 준 집도 빼서

했어요. 그래서 같은 학원 친구 방에서 자고… 친구가 눈치 주면 역에서 노숙하기도 하고… 형 저 그렇게 살았어요 그동안…. 아직 아무것도 못 이뤘는데 빚만 생겼네요….”

“빚이 얼만데?”

“5천이요….”

“괜찮아… 아니 너 입장에서는 당연히 안 괜찮겠지. 근데 하나 물어보자. 넌 왜 취업하려고 해? 넌 왜 공무원 되려고 한 거야?”

“통과의례라고 생각했어요. 정상적인 한 사람으로서의 길이라고 생각했어요. 내게 주어진 일을 하고, 세상에 기여함으로써 보람을 느끼고 싶었어요. 또, 내 일에 대한 대가로 내 삶을 더 멋있게 만들고 싶었어요.

“그 생각 지금도 유효해?”

종학이는 잠시 말이 없다. 1분, 2분 침묵이 이어진다. 나도 아무런 말도 하지 않고 그저 바다를 바라보며 맥주를 마실 뿐이었다.

한참 지난 후에 종학이가 입을 연다.

“아니요. 그래서 미치겠어요.”

“왜 지금은 예전처럼 생각 안 하는 건데?”

“그 통과의례를 내가 거친다고 해도 행복할 것 같지 않아서요.”

“일 하면서 기여하고 싶다고 했잖아, 그러면서 보람도 느끼고, 또 돈 벌어서 멋진 삶을 만들어보고 싶다고 했잖아? 왜 그 생각을 버리게 된 건데?”

"형은 행복해요? 형은 일하고 있잖아요. 그래서 행복해요? 형이 어떤 일을 하고 있는지는 저는 잘 몰라요. 근데 잘 모르지만, 형 스스로 지금 하는 일이 뭔가 이 세상에 기여한다고 느껴져요? 그래서 보람 있어요?"

"종학아… 사람이 항상 하고 싶은 일만 하면 할 수 있겠냐? 일 하지 않는 자 먹지도 말라는 말도 있잖아."

"알아요. 형 말이 맞아요. 하고 싶은 일만 하면서 살 수 없다는 거 저도 인정해요. 그러면 솔직해야지요. 일을 통한 자아실현? 보람? 세상에 대한 기여? 왜 세상은 나한테 이런 말을 해요? 그냥 솔직히 생존을 위한 거잖아요. 그래야 먹고 살 수 있으니까."

"그래, 너 말이 맞아. 그게 불편한 진실이야 인정해. 그런데 뭐?"

"그런 생존을 위한 기계 같은 삶이 나한테 무슨 행복이겠냐고요. 노량진에서 개판으로 살면서 느낀 게 하나 있는데요. 정말 열심히 해서 공무원 된 학원 동기들도 가끔 놀러오잖아요? 누가 봐도 정말 어리숙한 형이었어요. 그렇게 두 번, 세 번 떨어지다가 진짜 겨우 합격해서 이제 갓 공무원 된 형인데요. 아직 준비하고 있는 학원 동기들 식사 한번 대접한다고 와서 근처 조그마한 삼겹살집에 갔어요. 그 형은 우리보고 마음껏 먹으라고, 마음껏 먹고 내일부터 힘내서 열심히 하라고 그러더라고요. 계속 고기 시키면서 먹었어요. 잠깐 화장실에 간다고 나갔는데… 그 형이 통화를 하고 있더라고요."

"어머니, 저 예전에 학원 친구들 저녁 한번 사주고 있는데, 돈이 조금 부족하네요. 다음달 월급 나오면 바로 드릴 테니까 5만원만 지금 좀 보내주세요."

"아… 이번에 방세 내고 정장 하나 새로 맞추니까 계획한 것보다 조금 오버되었어요. 다음달에는 크게 쓸 일 없으니까 이번 한 번만 좀 보내주세요. 앞으로 아껴 쓸게요."

그 통화 내용 들으면서 씁쓸하게 화장실에서 나오는데, 옆 건물 고급 소고기집에서 누가 계산하고 있더라고요. 누군가 해서 봤는데 저 있던 고시원 건물 주인집 아들이더라고요. 우리랑 비슷한 나이인 걸로 알고 있는데, 여튼 그 친구가 누가 봐도 근사한 옷 입은 남녀 여러 명 사이에서 계산하고 있더라고요. 슬쩍 봤는데 한 50만원? 그걸 아무 표정 변화 없이 그냥 긁더라고요. 그리고 나서 삼겹살 집으로 다시 왔어요. 그 갓 공무원 된 형도 다시 돌아와 있더라고요."

"형 너무 잘먹었어요."

"오빠 진짜 잘 먹었어요. 삽겹살 진짜 오랜만에 먹네. 오빠 진짜 좋겠다. 다음에 저 합격하면 저도 한번 살게요."

그러면서 이제 다 먹고 계산하러 갔어요.

"10만원입니다."라는 주인 아주머니 말에 그 형이

어설프게 카드를 꺼내서 계산하더라고요. 그 통화내용을 들어서 그런 지, 그 형 손이 떨리는 걸 봤어요. 그리고 나서 그 착한 형은 우리한테 격려 한 마디씩 해주고 역으로 건너가더라고요. 쓸쓸한 뒷모습으로… 그 모습과 겹쳐서 마침 그 고시원 건물 주인집 아들은 고기집 앞에 발렛주차 해 놓은 외제차 타고 어디론가 향했고요.

그 모습 보면서 느꼈던 건, 내가 우리가 열심히 해서 뭔가 이룬다고 하더라도 결코 행복하지 않을 것이라는 거, 그냥 사회의 부속품으로 기계로 생존이라는 크나큰 선물을 받은 사람 이상이 될 수는 없다는 것, 행복이라는 것은 없을 거라는 거. 그런 생각이 들면서 내가 하고 있는 발버둥이 한심하게 느껴졌어요.

"넌 왜 꼭 돈이 행복이 필요충분조건이라고 생각해? 좋은 집 살고, 외제차 끌고 떵떵거리고 사회에서 인정받아야만 행복한 거야? 난 지금 만난 지 얼마 안 되었지만 내가 좋아하는 사람하고 주말을 함께 있을 수 있다는 게 정말 행복해, 그리고 일 끝나고 몇몇 회사 사람이 되었든, 동네 친구든 치킨에 시원한 맥주 한 잔 하는 게 진짜 행복한데? 그런 소소한 행복이 진짜 행복일 수 있다는 생각은 왜 안 해?"

"형 내가 보기에 그거야말로 진짜 비겁한 변명 같아요. 형 그러면 그 건물주 아들의 삶과 바꾸라면 안 바꿀 거예요? 소소한 행복? 그런 것 말하는 사람의 속뜻은 내가 보기엔 그냥 합리화예요. 정말 부러운 삶을 이룰 수 없으니까 그걸 인정하고, 나는 불행하다고 말하는 게 더 불행해서 소소한 행복 따위 같은 말 하는 거예요.

더 나아가서 이야기하면 그런 소소한 행복 이 따위 말은 공정하지 못한 이 세상을 유지하고 싶은 사람들의 기득권을 유지하게 만드는 철학, 즉 결과적으로 공정하지 못한 시대에 부역하는 치졸한 논리에 지나지 않는다고 생각해요. 왜냐하면 현 체제에서 만족하려고 하는 거니까."

"그러면 어떻게 할 건데? 못 바꾸잖아. 그러면 그 안에서 열심히 살아야지. 그리고 그 생각이 변함이 없다면 너가 실력 키워서 바꾸려고 노력해야지."

"그래요. 소소한 행복에 감사하고 내게 꼬박꼬박 월급 주는 사람한테 감사하면서 그렇게 생존해 나가야죠. 그러면서 실력을 키워야죠. 지금의 내 삶에 감사하면서!! 얼마나 아름다워요. 감사하는 삶~!!! 캬 죽이네요. 항상 긍정적으로 밝게 감사하며!! 그런 삶 살면서 50살쯤 되면 치킨집 차리고 자식들 대학 보내고, 집 해다가 결혼시켜서 60살쯤 되어서 이런 생각을 하겠죠.

'뭔가 평범하게 정상적으로 열심히 산 것 같은데, 난 날 위해서 뭘 했지? 무얼 위해서 살았던 거지?'라고 한탄하겠지요. 그게 생각 없이, 보람 없이, 자아실현 없이 산 나와 형 같은 평범한 사람들의 미래이겠지요."

"넌 지금 너무 부정적이야. 시야를 너무 좁히지 마, 세상에는 아름다운 모습들도 분명 많을 테니까."

"미안하지만 형. 저 오늘 이야기하면서 한 가지 더 확신했어요.

취업해서 공무원 되어서 생존을 위한 삶을 살면서 뭔가를 변화시키고 보람을 찾는 건 불가능하다고…"

"왜? 그렇게 생각했는데?"

"형이 그렇게 변했으니까요. 형이 너무 철 든 모습을 보니까 그런 확신이 들어요."

"종학아… 너가 지금 성장통을 겪는 거야. 이런 격정적인 생각을 하는 모습도 종학이 너나 되니까 한다라고 생각해. 근데 그래도 지금 해야 할 일들을 열심히 했으면 좋겠어. 많이 늦었네. 원래 자고 가려고 했는데 오늘은 이만 가고 다음주쯤에 노량진에 한번 더 들를게, 나도 너 말 다시 한번 곱씹고 생각해볼게."

자고 가려던 계획을 변경하고, 집으로 돌아가자라고 생각했던 이유는 더 많은 생각을 하고 종학이에게 도움 될 만한 이야기를 해주고 싶어서이다.

종학이는 말이 없다. 이윽고.

"네 형 알겠어요. 오늘 먼 곳까지 와주셔서 감사해요. 조심히 들어가세요."

"응, 그래 다음주에 보자."

집에 가는 길에 핸드폰이 울린다.

"예 부장님! 김민준입니다."

"어! 민준아 미안한데… 그 이번에 그 너가 아까 나한테 준 보고서 때문인데…"

"예 부장님, 무슨 문제 있으세요?"

"아니… 다른 게 아니고… 보고서 내용은 괜찮은데 글씨가 좀 작은 것 같아서… 폰트 크기 좀 키웠으면 좋겠는데… 혹시 나한테 파일 보내놨어?"

"아… 파일은 따로 송부 안 했어요."

"아 그래? 큰일이네… 사장님이 워낙 큼직큼직한 글씨를 좋아하시는데. 내가 그걸 깜빡하고 아까 피드백을 못 줬네… 내일 나와서 그것만 좀 편집해주러 올 수 있어?"

"아… 네 알겠습니다. 내일 아침에 일단 출근할게요."

"아… 미안하다… 연차인데…."

그렇다. 직원의 연차 따위보다 중요한 것은 사장이 좋아하는 큼직큼직한 폰트 크기다. 연차를 미룰 만큼의 보람찬 일이 폰트 크기 조정이다. 보고서의 내용에 따른 사회에의 기여함은 그다지 중요한 일이 아니다. 사장의 의사결정에 있어서 폰트 크기는 매우 중요한 사항이다. 정말 보람차다. 그렇게 나는 사회인으로서 살아가고 있다.

그리고 이런 보람 있는 삶을 살 수 있도록 후배에게 긍정의 힘, 노력을 조언하는 깨어 있는 형이다. 결코 꼰대가 아니다.

오늘은 토요일, 종학이에게 연락을 하지만 받지 않는다. 그래도 노량진에 가면 종학이가 다니는 학원을 알고 있기에 볼 수 있다는 생각으로 노량진으로 향한다. 종학이의 학원에 가 다짜고짜 묻는다.

"안녕하세요, 세무 공무원 준비하는 친구인데… 김종학이라고 지금 수업중인가요? 여기 연락처도 있는데 받지를 않네요."

"아… 예 잠시만요… 아 김종학 씨, 지난주에 그만뒀는데요?"

"네?? 왜요??"

"음… 공무원 시험 준비 이제 그만한다고 하더라고요. 어디로 갔는지는 모르겠어요. 정말 열심히 하던 분이었는데…."

말없이 다시 집으로 향한다.

혼자, 한 마디를 뇌까린다.

"종학아 형도 사실은 잘 모르겠다."

한 여름의 행복,
알지 못했던 노력,
그리고 상징

여기는 사거리다.

좌회전을 하면, 신도림의 상징 디큐브 백화점이다. 우회전을 하면, 다시 돌아서 내가 사는 집으로 가는 길이다. 그리고 직진을 하면 지금은 희미한 기억으로 남아 있지만, 내가 유년시절을 보냈던 구로동이다. 동시에 내가 지금 만나러 가는 은경이가 회사에 다닐 때, 사촌들과 함께 머무는 서울 집이다. 당연하게도 나의 행선지는 직진이다.

여느 때처럼, 20분 정도 일찍 도착한다. 커피 한 잔을 마시고 잠시 만남 장소에 머무르다 도착했음을 알리는 연락을 하고, 잠시 후 은경이가 나온다.

내 차 조수석에 타는 은경이가 조금씩 자연스러워지는 것이 느껴져서 기분이 좋다. 그렇게 주말마다 나와 함께 시간을 보내기 위해, 토요일 오후 내 차에 타는 모습을 보면 한 주간의 피곤했던 일들, 신경 쓰였던 일들이 전혀 생각나지 않는다.

은경이는 빵을 좋아한다. 나 또한 빵을 싫어하지 않는다. 그래서 오늘의 차 머리는 은경이가 알고 있는 공덕동 빵집이다. 다만, 나는 일반 슈퍼에서 파는 '보름달' '소보루 빵' '피자 빵' 이런 것들을 우유와 함께 먹는 걸 좋아한다. 뭔가 달고 자극적인 빵을 좋아하는 어린 입맛이다. 담백한 맛을 함유하는 무언가 제대로 된 빵의 풍미를 느낄 수 있는 고급 빵은 많이 접하지 못했지만, 짐짓 그런 고급스러운 빵들을 많이 먹지 못해봤음을 들키고 싶지 않다.

빵집으로 들어선다. 낮인데도 불구하고 빵집은 거의 만석이다. 구석에 남아있는 한 자리에 앉는다. 스터디하고 있는 것처럼 보이는 사람들, 혼자서 일하고 있는 것 같은 사람들이 보인다. 빵집에서 카페에서 하는 일들을 하는 것 같은 이 모습이 낯설고 문화 충격이지만 애써 내색하지는 않는다. 은경이 앞에서는 무언가 모던하고 젊은 사람이고 싶어서가 그 까닭이다.

함께 고른 빵들과 음료를 앞에 두고 먹는다. 뭔가 뜯어 먹는 게 익숙하지가 않다. 나는 원래 봉지째 입에 물고 먹어왔는데, 그래도 맛있다. 담백이라는 맛이 무슨 맛인지 알 것 같다.

"오늘 나오기 전에 뭐 했어?"

"윗집 이모 집에서 놀다 왔어요, 남자친구 만나러 간다니까 보여 달래요. 이모가 자기가 보면 어떤 사람인지 안다면서."

"좋네, 그럼 보여드리면 되잖아. 뭐가 문제야?"

웃으며 내가 말한다.

"에이, 우리 6개월 만나면 그때 뵙게 해 줄게요."

"헉, 6개월 당연히 만나는 거 아냐? 그러면 지금 만나 뵙더라도 상관 없을 텐데?"

"그렇겠죠? 조금 기다려 봐요."

그렇게 소소한 일상 등을 얘기하며 빵을 먹는다. 그러나 빵은 오늘의 애피타이저다. 오늘은 오랜만에 송도에 가기로 약속한 날이다.

사실, 신도림에서 은경이를 만나고 시간을 보낼 때는 미안한 마음도 있다. 평일 내내 서울에서 집을 떠나 일하고 부모님도 뵙고, 가족들과 함께 시간을 보낼 날이 주말인데, 그 주말의 반을 나와 함께 해주고 있기 때문이다. 그래서 더 고맙고 잘 해야 한다는 생각을 하게 된다.

어느새, 익숙해진 막히는 서부간선도로 나는 그 길을 운전하고, 옆에서 노래를 틀어주는 은경이의 모습도 이제 어색하지 않은 일상이 된 것 같아, 벅차 오르고 마음에 큰 힘이 된다. 그렇게 송도에 도착했다. 빵집도, 송도에서 먹을 음식도 오늘은 은경이가 정한다. 우리가 송도에서 먹을 음식은 연어다. '연어시대' 인터넷 검색을 통해 찾은 일반적인 연어 집이지만 내심 상호명이 마음에 든다. 즐겨 봤었던 드라마의 제목이자, 뭔가 마음에 울림을 주는 '순수의 시대'라는 제목이 연상되기 때문에…. 그냥 나 혼자의 생각 많음이다. 그냥 이런 생각과는 별개로 함께 하는 이 시간들이 정말 좋다. 항상 재미없음을 입에 달고 살며, 일상에서 행복함을 잘 느끼지 못했던 내게는 감사하기 그지없는 일이다.

그릇에 수북하게 쌓인 연어들이 상에 오른다. 연어를 보며 희색을 감추지 못하는 내 앞의 은경이가 보인다. 연어를 찍는 척, 함께 은경이를 찍는다. 본인을 찍는 걸 알아챘다는 듯이 손으로 얼굴을 가리려 한다.

"아 뭐예요."

"그냥 연어 찍다 보니까 찍힌 건데? 아 근데 예쁘게 나왔네, 왜 가려??"

내 말에 은경이는 찍힌 사진들을 보더니,

"이 사진 이따 나 보내줘요." 한다.

"그럼 나도 은경이 너 옛날 사진 보내 줘. 매일 프사나 카스 있는 사진밖에 못 봤어."

"음… 봐서요."

은경이는 처음에 사진에 민감한 것 같았다. 처음으로 놀러 갔을 때도, 사진 찍으려는 내게 갤럭시는 화질이 안 좋아서 예쁘게 안 나온다면서 나를 말리곤 했었다.

그랬던 은경이가 예전과는 점점 달라지는 모습에서 또 한 번 더 가까워짐을 느낀다.

그렇게 맛있게 연어를 먹는다. 연어, 튀김 등 여러 메뉴가 있었지만 나는 그다지 신경 쓰지 않고 먹는다. 그러다, 난 어떤 음식인지도 모르고 무심코 식탁 위에 음식 하나를 집어 먹는다. 연어였다. 그때였다.

"어?..."

"어?? 왜???"

"이거 마지막 연어잖아요."

"아 진짜?? 아 몰랐네…."

"아 뭐예요. 나 연어 진짜 좋아하는데…."

평소 내 제안에 좋고 싫음은 있는 은경이었지만, 이렇게 나의 어떤 말과 행동에 대하여 자신의 감정을 드러낸 경우는 많지 않았던 것 같은데 예사로운 일은 아니었다.

미안한 기분이 든다.

"아… 생각 없이 먹다 보니 내가 먹었네. 진짜 미안하네… 더 먹을래?"

"아 뭐야… 이미 먹었는데 어떻게 해, 괜찮아요."

미안한 기분이 먼저 들었지만, 자신의 감정을 먼저 드러내고 이제는 내게 편하게 표현하는 그 모습이 나는 좋았다. 연어라는 음식에 기분 좋아하던 모습, 연어라는 음식 때문에 조금씩 편해져 감으로써 진짜 내 사람이 될 수도 있겠다라는 생각에 이 연어라는 음식이 상당히 기억에 남는다.

송도에 오면, 항상 거니는 센트럴 파크로 간다. 어느새 석양이 지는 이 송도의 모습은 항상 좋다.

"와 송도 진짜 좋아요. 송도는 항상 옳아."

함께 걷는다. 형형색색의 빛, 사람이 적지는 않지만 호젓한 분위기 속에 몇 시간이라도 걸을 수 있을 것 같다.

그러나 마음과 다르게 몸에는 분명히 한계가 있는 법, 계속 걸으니 다리가 조금씩 아파온다. 마침 은경이도 힘든 눈치다. 그럴 만도 하다. 남자인 나와는 다르게, 은경이가 신은 신발은 걷기에는 쉽지가 않은 신발이었으니까.

"다리 아파요. 조금 쉬었다 가요."

"응, 나도 힘드네. 앉을 곳 좀 찾아보자."

조금 더 걸으니 작은 벤치가 보여서 그곳에 앉는다.

"다리 많이 아파?"

"힘들어요, 좀 쉬었다 가요. 조금만 쉬면 괜찮을 것 같아요."

"그러다 못 걸으면 어떻게 해? 업어야 되나?"

"뭐… 못 걸으면 업어야지요."

아무렇지도 않으면서, 웃음 띤 목소리로 말한다.

그렇게 잠시 쉰 후, 다시 걸어서 기어코 센트럴 파크를 한 바퀴 돈다. 한밤중의 불빛을 뒤로 하고 집으로 향한다.

많이 피곤한지, 은경이는 자는 것 같다. 내 차 안에서 그동안 잔 적 없었던 것 같았는데 오늘은 서울에서, 송도로 또 걸으면서 많이 피곤한 것 같다. 왼손으로 핸들을 잡고 오른손으로 손을 잡는다. 깨지 않고 잔다. 자는 척 하는 것인지, 진짜 자는 건지는 모르겠지만 그건 별로 중요하지 않다. 그냥 좋다.

오늘은 토요일, 그리고 내일은 일요일 다음 월, 화, 수는 나의 여름 휴가다. 은경이를 내려주고 바로 재욱이와의 여름휴가가 계획되어 있다. 자고 있는 은경이의 손을 잡으며, 언젠가 다음에는 여름휴가도 은경이와 함께 하고 싶다라는 생각을 한다.

그렇게, 은경이의 집에 도착하고 이제 내게 있어 가장 즐겁고 행복한 토요일을 보내준다.

또다시 꿈,
꿈이라는 이름의 악몽

"퍽"

공을 던진다. 내 앞으로 재욱이가 앉아 글러브를 낀 채, 내 공을 받아준다.

말없이 던진다.

"아씨… 야 손 얼얼해 살살 던져."

그래도 그냥 던진다.

"야 힘들어 좀만 쉬었다 하자."

재욱이가 말한다.

"다섯 개만 더."

고맙게 재욱이는 말없이 다시 공을 받아주기 위해, 자리에 앉아준다.

그렇게 남은 다섯 개를 던지고 운동장 스탠드에 가서 앉는다.

"하… 이 새끼 뭐야… 일요일날 아침부터… 교회 안 가나?"

"나 교회 오후에 가잖아. 좀만 던지고 가지 뭐."

"무슨 일 있냐? 어제까지 은경 씨 만난다고 좋다더니."

"무슨 일은… 그냥 좀 안 좋은 꿈 꿔서 그래."

"병신, 나이 30 넘게 먹고 꿈 가지고… 난 또 뭐라고…."

"다시 던지자."

분명 꿈이다. 매우 지독한 꿈이다.

"나 좋아해주는 만큼, 내가 좋아해주지 못해서 그게 항상 미안했어요, 만나고 집에 들어가면 그게 너무 죄책감이 들었어요. 계속 만나다 보면 좋아지겠지, 좋아지겠지 했는데. 그게 잘 안돼요. 더 미안하기 전에 그만 만나는 게 좋을 것 같아요."

벤치에 앉은 채, 날 보지 않고 정면만 보고 말을 하지만 그 말을 하는 사람의 눈은 언뜻 조금은 붉게 충혈되어 있다.

그 사람이 좋아하던 껍데기를 먹으며, 곁들였던 술 때문에 흐트러져 있었던 나는 그 슬픈 상황에서 최대한 반듯한 모습을 보이고자 하지만 그러지 못한 채 추하게 앉아서 들을 뿐이다. 그리고.

"일주일만 더 생각해 보자."라는 말을 해 줄 수밖에 없었다. 벤치에 앉기 전 함께 공원을 돌며 잡았던 손은 어느새 놓아져 있었다. 그리고 늦은 밤이니만큼 택시를 잡기 위해 택시 정류장으로 간다.

그 사람은 말 없이, 뒤도 돌아보지 않고 택시를 잡아 타고 집으로 향한다.

"은경아 잘 들어갔어? 도착했다는 얘기는 해줘."라고 메시지를 보낸다.

잠시 후.

"네 미안했고 잘 자요."

뜬 눈으로 내 방도 아닌, 거실 소파에 누워 밤을 보냈음에도 꿈은 아침까지 계속 이어진다. 어느새 부모님이 잠에서 깨어나서서 집에 있을 수가 없어, 핸드폰을 들고 차로 향한다. 은경이에게 내 마음을 담아 메시지를 보낸다.

부담스럽게 하지 않겠다고, 내 욕심만 부리지 않고 내가 조금은 여유로워져서 잘 조절하겠다고, 한 번만 다시 해 보자고….

애초에 일주일만 생각할 시간을 갖기로 이야기가 되었기 때문에 예상했지만 답은 없다. 아침의 차 안에서 아무것도 할 수가 없다.

시동을 켠다. 그리고 매일 은경이를 태우는 그곳으로 간다. 찾아가서 다짜고짜 내가 하고 싶은 말을 전하는 것은 예의가 아니며, 부담만 주는 행동임을 안다. 그렇기에 그곳으로 가는 목적이 내게는 없다. 그냥, 가야겠다, 가고 싶다라는 생각에 간다.

어느새 익숙해진 그 장소에 도착한다. 할 수 있는 건 없다. 그런데 은경이가 나온다. 극적인 꿈이다. 그러나 아무 말도, 아무 행동도 할 수 없다.

그제서야, 은경이가 교회 가는 시간이라는 생각이 퍼뜩 든다. 기쁘고 기분 좋은 표정만은 아닌 것 같다.

'무슨 생각을 하고 있을까?'

궁금하다. 내 생각 하고 있는 건 아닐까? 그렇다면 어제의 이야기를 번복하는 결론으로 그 생각의 꼬리가 귀결되었으면 하는 마음뿐이다.

그 모습을 본 채로 아무것도 하지 못하는 무력감에 다시 나의 집으로 방향을 돌린다.

"재욱이, 일어났냐? 나 너네 동네로 갈 테니까 캐치볼이나 하자."

"뜬금없이 뭐냐? 알았다. 옷 입고 나갈게."

그렇게 주말부터 이어진 지독한 꿈은 재욱이에게 힘껏 공을 뿌리는 지금까지 이어지고 있다.

'좋아지겠지 했는데. 그게 잘 안돼요."

미안한 마음이다. 좋아하려고 노력했는데 그것도 모른 채, 그 노력이 이뤄지게 못해 준 것이 미안하다. 그리고 그 말을 들은 지금, 그럼에도 아무것도 내가 할 수 없음에 스스로 무력감이 느껴진다. 아무것도 할 수 없기 때문에, 또 자괴감이 느껴진다. 정말 원하는 사람을 잡을 수 있는 매력이 내게는 없다는 사실 때문에, 복합적인 감정에 가슴이 턱 막힌다.

그리고 일주일 후, 은경이는 내게,

"이성적인 느낌보다 좋은 사람이라는 느낌이 강해요, 서로 힘들지 않게 그만 만나는 게 좋을 것 같아요. 지금은 힘들겠지만 곧 괜찮아질 거예요."라며 그렇게 '끝'을 알렸다.

이 지독한 꿈은 아직 진행형이다.

행복과 기대를 잃은 채 하루하루를 살아간다. 출근을 하고, 일을 하며 퇴근을 한다. 회사에서도 농담을 하는 횟수도 줄어든다. 지시를 받을 때도, 지적을 받을 때도 별다른 감흥이 없다. 그냥 그런가 보다 싶다. 주식 시세의 등락에도 심드렁하다. 그리고 퇴근을 하면, 방에 누워 뉴스를 보고, 자주 들어가는 커뮤니티를 돌아보다가 잠이 든다. 평일에는 종종 지혜와 함께 저녁과 반주를 곁들인다. 이 기나긴 악몽에서 위로받을 수 있는 창구이기 때문일지도 모른다. 또 가끔 주말에는 재욱이와 주영이를 만나서 평소와 다를 바 없이 큰 재미는 없지만 습관적인 편안함을 느끼곤 한다. 그게 지금의 삶이다. 마음 한 구석에 얹힌 게 있어서 삶 자체가 단조로워지고, 생각 자체가 좋은 의미로는 평안하고, 나쁜 의미로는 감정이 없어졌다.

그러던 중, 오늘은 금요일, 회사 체육대회 날이다. 같은 방향인 앞 팀 동료 혜정 님을 태우고, 체육대회가 열리는 회사 근처 운동장으로 향한다.

"혜정 님, 요즘 별 일 없어요?"

"저야 뭐, 별일 없이 잘 살죠. 민준 님은요? 여자친구분 잘 만나고 있어요?"

"네 뭐 잘 지내고 있죠."

헤어졌음을 말하기가 쉽지 않다. 그 말을 하는 순간 꿈이 아닌 현실이 되어 버린다는 두려움이 크다.

"혜정 님은 남자친구랑 어때요? 예전에는 물어보면 심드렁하시던데?"

"맞아요. 그랬죠. 한번은 헤어지자고 그랬어요. 좋은 것도 잘 모르겠고, 그냥 뭐… 그래서요."

"그래서 헤어졌었어요?"

"아뇨… 남자친구가 잡더라고요, 그래서 어떻게 하다 보니까 다시 만나고 있어요."

"지금은 남자친구 좋아요?"

"네 그게 신기해요, 이게 억울한 게 이제 제가 더 좋아하는 것 같아서…."

혜정 님은 수줍게 웃으며 말한다.

"맞아요. 예전에 보니까 남자랑 여자는 처음에는 남자가 가면 갈수록 여자가 마음이 더 커진다 그러더라고요. 혜정 님 주도권 완전 빼앗기셨네."

"아니에요. 아 이제 컨트롤 좀 하고 해야겠네."

"맞아요. 이 시점에서 좀 튕기고 그래요 이젠."

웃으며 재밌게 운동장으로 향한다. 혜정 님의 말을 들으며, 그녀가 생각난다.

'조금만 더 기다려줬으면 어땠을까?'

가슴 속으로 한숨이 나오지만 내색하지는 않는다.

그러나 혜정 님의 말이 머릿속에서 계속 맴돈다.

체육대회는 풍성하다. 먹을 것들이 넘쳐나고, 시끌벅적하다. 한적한 곳에 가서 돗자리를 깐 채 누워서 10월의 가을 날씨를 누리는 것도 나쁘지 않다. 그렇게 시끌벅적한 체육대회가 끝나고 이제 집으로 향할 시간이다.

사실 나는 가을을 좋아한다. 하늘도 맑고 조금은 서늘한 바람 속에서 느껴지는 한기와 함께 동반되는 뭔지 모를 애틋한 감성들을 누릴 수 있는 계절이기 때문이다. 여름을 좋아했던 그녀와 내가 좋아한 가을을 함께 누리고 싶었다. 가을 하늘과 바람을 느끼며 노래를 튼다.

눈을 뜨기 힘든, 가을보다 높은 저 하늘이 기분 좋아.
휴일 아침이면 나를 깨운 전화 오늘은 어디서 무얼 할까.

그녀와 함께 가을을 누리고 싶었던 욕심에, 또 내 욕심을 정확하게 표현하고 있는 노래 가사에 눈이 아주 조금은 촉촉해진다.

부끄러움에 혼자 당황해하지만, 귀가하는 내내 차에서 흘러나오는 음악은 변하지 않는다.

집으로 가던 중, 방향을 돌려 재욱이와 주영이가 사는 동네로 간다. 오늘은 금요일, 재욱이와 주영이를 만나기로 한 날이기 때문이다.

두 친구를 태운다.

"야 오늘 저녁 어디서 먹지?"

재욱이가 우리에게 묻는다.

"야, 내가 태우러 왔잖아, 우리 동네로 가자."

내 말에 주영이가 대답한다.

"어차피 여기 우리 동네 근처인데 뭐 하러 굳이 너네 동네까지 가, 그냥 여기서 먹자 시간도 아끼게. 재욱아 그게 낫겠지?"

주영이는 같은 동네에 사는 재욱이에게 동의를 구한다.

자신이 원하는 곳에 동의해 줄 것이라는 걸 알면서 재욱이에게 동의를 구하는 주영이의 모습에 빈정이 상한다.

"뭐 그게 좀 더 효율적이긴 하겠다."

"야 그래 민준아, 오늘은 그냥 여기서 먹자."

그때, 아무 말 없이, 옆에 둔 핸드폰을 들고 바닥에 던진다.

재욱이와 주영이는 당황한 채로, 나를 바라본다. 이윽고.

"야 김민준 너 왜 그러냐? 이게 그렇게 정색할 일이야? 야 나 저녁 그냥 집에 가서 먹을래 여기 세워줘."

주영이가 내게 말한다. 재욱이도 당황했는지 잠자코 아무 말 없이 있다.

"세워 달라고."

나는 말없이 달린다. 사실은 나도 매우 당황스럽다. 내가 왜 이런 평소에 하지 않던 어처구니없는 행동을 하는지, 도대체 내가 어떻게 된 건지 나 스스로도 당황스러워서 아무 말을 할 수 없었다.

"야 민준아, 너 지금 많이 예민해. 깜짝 놀라기도 했고 너 진짜 왜 그런 거야? 핸드폰 왜 던진 거야?"

그래도 이 친구들은 내가 정말 편하게 의지하는 사람들이기에 용기내 말한다.

"미안해, 나도 던지고 그 순간 후회했다. 잘못한 거 아니까 좀 이해해줘라, 앞으로 조심할게."

"너 왜 그래? 헤어진 거 때문에 아직도 마음 안 잡혀? 너 옛날에는 헤어졌을 때 훌훌 잘 털더니만 왜 그래? 정신차려 이제."

주영이가 조금은 풀린 목소리로 내게 말한다.

"아니야 그런 거, 그냥 나도 모르게 그랬네…. 야 진짜 미안하다. 기분 풀고 저녁 먹으러 가자."

가끔 보면 자신이 욱하면 물불 안 가린다는 것을 자랑 삼아 말하는 사람들을 한심하게 여겼고, 나는 어떤 상황에도 그런 어처구니없는 행동을 하지 않는다는 자부심이 있었던 터라 이러한 내 행동은 정말 충격적이었다. 그래서 그 충격과 미안함에 난 친구들에게 사과밖에 할 수 있는 것이 없었다.

"야야 됐어, 뭐 그럴 수도 있지. 주영아 오늘 이 새끼 정신치료 좀 해줘야겠네. 민준이 동네로 가서 오늘 좀 마시자."

"너 임마, 힘든 건 알겠는데 그러면 안돼. 그래도 사과하는 거 보면 아주 맛 간 건 아니네."

나의 응석을 받아주는 친구들에게 고맙다.

"아 진짜 미안해 미안해, 저녁 뭐 먹을래?"

"야 재욱아 껍데기 먹자. 민준이네 동네에서 유일하게 맛있는 거."

"좋다 껍데기 좋아. 거기로 가자."

"야 껍데기 말고 다른 거 먹으면 안 되냐?"

그녀와 마지막으로 식사를 한 곳이 껍데기집이었기 때문에, 그 이후로 난 껍데기 집에 가지 않았다. 그곳에 가면 너무 슬플 것 같아서 가지 않았다.

"너 예전 여자친구 생각나서 그러지? 무조건 껍데기집 가야겠네. 이제 다 정리해야지, 거기로 가자."

눈치 빠른 재욱이가 행선지를 껍데기집으로 정해 버린다.

"야, 한잔 하자. 아까 미안했다 진짜."

"그래 너 미안한 짓 하긴 했어, 근데 나도 정색해서 미안하다, 이 새끼 마음의 병을 앓고 있는 병신인데 그거 내가 감안 못해줬네. 야 씨 사람이 만나다 보면 헤어지고 그럴 수도 있지, 정 어려우면 뭐 액션이라도 하든가, 그게 뭐냐 도대체."

평소에 온순하던 주영이가 오늘은 내가 정말 걱정되었는지 직설적으로 이야기한다.

"그래, 너 새로 뭐라도 해라. 재미있는 거 찾아봐, 하고 싶은 말들도 있으면 대놓고 하고."

친구들의 걱정 어린 욕, 조언을 묵묵히 듣는다. 다 애정이 묻어나는 이야기다.

그 중, 새로 뭐라도 하라는 재욱이의 말에 관심이 간다.

"새로운 거? 뭐하면 좋겠냐?"

"너 말 잘하니까 팟캐스트 같은 거 한번 해봐. 정치 쪽이나 너 좋아하는 역사 쪽이나, 요즘은 아마추어 잘 모르는 애들도 그런 거 많이 한다더라. 도움 필요하면 스크립트만 짜와. 우리가 옆에서 추임새도 넣어줄게 할 수 있지 주영아?"

"야 좋지, 팟캐스트. 나도 그거 하면 재밌을 것 같더라."

"말이 좋아 팟캐스트지 그거 하려면 녹음실도 필요하고 장비도 필요하고 여건상 쉽겠냐? 근데 진짜 뭐 좀 하긴 하고 싶다. 내가 생각하는 것도 이야기하고, 뭐 그런 걸로, 나도 한번 찾아볼게, 너네도 괜찮은 거 있으면 추천 좀 해 줘봐."

"야 민준아 너 그러면 글이라도 한번 써봐, 너 글 쓰는 거 좋아하잖아."

주영이가 새로운 제안을 한다.

"내가 너냐? 너처럼 문학적 재능 없다. 난 그냥 뭐 비판하고 따지고 하는 드라이한 글이 좋아, 지금 나랑 안 맞아, 그런 거 쓰면 더 다크해질걸?"

그렇게 오늘은 나를 안주 삼아 시간 가는 줄 모르고 대화를 나눈다.

어느새, 밤이 깊었고, 재욱이와 주영이를 택시 태워 집으로 보내고 집으로 돌아온다.

자려고 누워서 오늘을, 한 주를, 지금 내 상황을 돌아본다. 그러나 불면증에 쉽게 잠을 이루지 못한다.

'글? 소설?…'

아디오스,
그리고 소망

조금 일찍 공항에 도착했다. 덕분에 탑승수속을 시작하자마자 기다림 없이 탑승수속을 마칠 수 있었다. 주변 사람들에게 나눠 줄 작은 기념품을 사고, 입국 심사까지 모두 마친 후 탑승구 로비에 와 있다.

환전하기 어려운 남은 잔돈을 모두 해결해야겠다는 생각에 음료수를 하나 뽑는다. 그리고 평소에 잘 하지 않는 안마의자에도 앉아 본다.

여유 있게 공항 여기저기를 둘러본다. 바깥이 한눈에 보이는 테이블에 자리를 잡는다.

어디론가 날아가는 비행기와 바삐 움직이는 공항 정비사들이 보이며, 이곳에 입국한 관광객들을 태운 버스도 보인다.

'좋겠네, 가기 싫다….'

그러나 생각을 바꾸면, 내가 이 설국에 처음 발을 들였을 때, 그 모습을 보며 다시 생업으로 복귀하는 사람 역시 지금의 나와 동일한 생각들을 하지 않았을까? 그렇게 볼 때는 삶이라는 것이, 흘러가는 것이 공정하다는 생각도 든다.

그렇다. 공정하다, 아니 정확히 말하면 공정할 수 있다. 세상에 적용되는 이론과 원칙이라는 게 어쩌면 부질없는 것일 수도 있다는 작은 충격을 배운 덕분에, 삶에 대한 겸손함을 생각해보게 되었다. 또, 가볍지 못하고, 쿨하지 못해서 주눅 들었지만 내가 할 수 있는 영역에서 최선을 다했다면, 다른 영역으로 인해 상처받는 건 자유롭지 않은 삶이며, 또 행복하지 않다는 친구의 외침을 더 깊게 새길 수 있었다.

서른 즈음을 생각해 봤을 때, 그대로 끝나는 일은 아무것도 없다. 행복은 더한 행복으로 슬픔도 더 큰 행복으로 만들어 갈 수 있는 가능성이라는 게 존재하기에 공정하지 못한 세상과 삶이지만 공정할 수도 있다고 바라보려고 한다

꿈과 같은 사람을 만났으며, 그래서 행복했지만 그 행복만큼 그

반대의 결과는 더 뼈아프게 다가왔다. 그리고 다시 한 번 그 아픔을 더 큰 행복으로 만들기 위해, 무엇인가를 하고자 한다.

이제 돌아가면 다시 행복하고, 아픈 이야기들이 새로 펼쳐질 것이다. 그런 이야기들을 맞이했을 때 나는 과연 어떤 감정들을 느끼고 어떤 생각들을 할까?

이 설국은 자유로워질 수 있다는 자신감을 심어주었다. 다만, 의식적인 자유가 아닌, 여유 있고 호젓한 자유를 누리고 싶고, 꿈을 다시 현실로 돌리고자 하는 노력 가운데 아픔보다는 새로운 설레임이 내 마음에 자리했으면 좋겠다.

그리고 그 자유로움과 함께 결과적으로도 꿈을 현실로 돌려 다가오는 여름의 라벤더가 만발한 이곳에 그녀와 함께 서기를 소망한다.

서른하나, 겨울